죽음을 / 읽다 /

죽음을 / 읽다 /

홀로
천천히
투명하게

백형찬 엮고 찍음

이상북스

죽음은 단순한 삶의 종말이 아니다.
삶의 실제 모습을 보여 주기 시작하는 사건이다.

– 하이데거

살아 있음에 감사하며

어린 시절, 인천 자유공원에는 사람의 얼굴과 손금을 종이에 그려 놓고 관상을 봐 주는 사람이 많았습니다. 붓으로 검게 그린 얼굴과 손금은 마치 죽은 사람처럼 무서웠습니다. 어느 날 소년은 용기를 내어 관상 노인 앞에 쪼그리고 앉았습니다. 그러곤 손금을 봐 달라고 했습니다. 노인은 돋보기를 꺼내 들고 손바닥을 들여다보았습니다. 그러고는 "넌 쉰 살을 넘기기가 힘들다. 손금이 중간에 토막 났어." 집으로 돌아온 나는 필통에서 연필 깎는 칼을 꺼내 끊긴 손금을 팠습니다. 손바닥에선 피가 흘러내렸습니다. 어린 시절 죽음은 그렇게 나를 찾아왔습니다.

사순기간의 첫 날은 '재의 수요일'입니다. 이날 사제는 신자들 머리에 재를 얹으며 죽음을 기억하도록 다음과 같은 말을 합니다. "사람아, 흙에서 왔으니, 흙으로 다시 돌아갈 것을 생각하여라." 나는 이 말이 참 좋습니다. 그래서 매년 재의 수요일 미사에 참여해 머리에 재를 얹으며 죽음을 생각합니다. 어린 시절 쉰 살을 넘기기 힘들다는 관상쟁이의

말을 상기하며 이렇게 '오래' 살고 있음을 하느님께
감사드리며 머리에 재를 얹습니다.

언젠가 한 동료 교수가 내 연구실의 책들을 살펴보고는
묻더군요. "죽음에 관한 책들이 많네요. 이런 책들을 읽게 된
사연이 있으신가요?" 당시 나는 죽음에 대한 글을 쓰고
있었습니다. '삶과 죽음'이라는 강좌를 개설해 예술가를
꿈꾸는 학생들에게 삶의 소중함을 깨닫게 해 주고, 또
죽음에서 예술 창작의 모티브를 얻을 수 있도록 해 주기
위해서였습니다. 죽음은 수많은 예술가들에게 중요한
소재이자 주제입니다. 문학, 영화, 음악, 연극, 드라마,
뮤지컬 등 모든 장르의 예술에서 죽음을 소재로 한 작품이
많습니다.

세상을 살다 간, 살고 있는 많은 사람들이 죽음에 대해
말했습니다. 소크라테스나 플라톤과 같은 서양 철학자도,
노자나 장자 같은 동양 철학자도 죽음을
사유(思惟)했습니다. 사제, 스님, 목사, 시인, 소설가,
수도자, 의사, 학자, 또 평범하게 산 많은 이들이 죽음에
대해 생각했습니다. 그런 글들을 모아 엮었습니다.
봄바람처럼 부드럽게 살랑이는 글, 여름 소낙비처럼 쏟아져
내리는 글, 가을 하늘처럼 맑디맑은 글, 짙은 회색빛 겨울
하늘같이 차가운 글입니다. 또 플루트 소리처럼 감미로운
글도 있고, 죽비로 내려치는 것 같은 강렬한 글도 있습니다.

죽음이라는 무거운 주제의 글들에 내가 찍은 사진을
곁들였습니다. 사진은 글과 함께 씨줄 날줄로 엮여 죽음을
더욱 가까이 만나게 해줄 것입니다. 삶과 죽음은 동전의
양면과 같습니다. 삶이 없으면 죽음이 의미 없고, 죽음이
없으면 삶 역시 무의미합니다. 삶과 죽음은 한 형제처럼
나란히 다닙니다. 사람은 누구나 죽음을 떠올리기
싫어합니다. 그러나 죽음을 이해하면 삶은 한층 넓고
깊어집니다. 죽음을 공부하면 더 행복한 삶을 살 수
있습니다. 죽음과 친구가 되어 보지 않으시렵니까?

2017년
가을이 뭉게구름 타고 온다는 처서에
백형찬

차례

1부

아직 오늘은 아니다

.. 죽음을 생각하다

바로 오늘 죽을 것처럼

이곳에서의 너의 삶은 곧 끝날 것이다.

그러니 지금 네가 어떠한 처지에 있는지 살펴보라.

우리는 오늘 살아 있으나 내일 죽으며, 곧 잊힌다.

눈앞에 보이지 않게 되면 마음에서도 쉽게 잊힌다.

오! 사람의 마음은 어찌 그리 아둔하고 완고한가!

지금 순간만 생각하고 장래 일은 미리 준비하지 않는다.

그러므로 네 모든 행동과 생각을 함에 있어

바로 오늘 죽을 것처럼 하고 있어라.

-토마스 아 켐피스, 《준주성범》 중에서.

준주성범 遵主聖範
성경 다음으로 많이 읽히는 고전으로, 책 제목을 풀
면 '하느님을 따르는 성스런 책'이다. 이 책은 독일의
신비 사상가이자 아흔 살이 넘도록 평생 수도원 생활
을 한 토마스 아 켐피스(Thomas a Kempis, 1380-1471)
가 수도원에 입회하는 수도자들을 위해 쓴 것이라고
한다.

무엇을 기뻐할까

소치는 목동이 채찍을 들고 소를 몰아 목장으로 데리고 가듯
늙음과 죽음은 쉬지 않고 우리들의 목숨을 몰고 간다.

*

목숨이 다해 정신 떠나면
가을 들녘에 버려진 표주박
살은 썩고 흰 뼈다귀만 뒹굴 텐데
무엇을 기뻐할 것인가.

–법정,《진리의 말씀》(법구경) 중에서.

법구경 法句經
법구경에는 죽음에 대한 많은 이야기들이 담겨 있다.
법구경은 대장경 중에서 가장 오래된, 세계적으로 널
리 읽히는 불교 경전으로 부처님의 설법을 원초적 형
태로 전한다. 법구경은 초기 불교 교단 안에서 여러
형태로 전해 내려온 시를 모아 편집한 사화집(詞華集)
이기도 하다. 법구경을 라틴어로 번역해 유럽에 처음
소개한 파우스벨(V. Fausböll)은 이를 '동방의 성서'라
했고, 당시 유럽의 지식인들은 반드시 읽어야 할 교
양서적으로 꼽았다.

내가 헛되이 보낸 오늘

내가 헛되이 보낸 오늘은

어제 죽어간 이들이

그토록 바라던 내일이었다.

소포클레스 Sophocles(기원전 495~406)

그리스 아테네 출신으로 그리스 3대 비극 시인 중 한
명이며 '그리스 비극의 완성자'로 불린다. 소포클레
스는 디오니소스 제전의 비극 경연대회에서 비극의
1인자인 아이스킬로스(Aeschylos)를 물리치고 우승해
비극의 최고봉으로 인정받았다. 123편의 작품을 남
겼지만 전해지는 것은 《안티고네》《엘렉트라》《오이
디푸스》《트라키아의 여인》뿐이다. 소포클레스는 하
루하루가 소중한 날이므로 결코 헛되이 보내지 말라
고 말한다. 오늘은 어제 죽은 이들이 그렇게 간절히
살기 원했던 날이므로.

죽음 앞에서도 집을 짓는 그대여

오, 그대는 죽음을 눈앞에 두고도
무덤 생각은 하지 않고
대리석을 깎아 집을 짓고 있구나!

호라티우스 Horatius(기원전 65-8)
고대 로마의 시인. 로마에서 교육을 받고 18세에 아
테네의 아카데메이아에 들어가 그리스어를 연구했
다. 공화제를 옹호하는 브루투스(Marcus Junius Brutus)
진영에 가담했다 패한 뒤 하급 관리로 지내며 시를
썼고, 풍자시와 서정시로 명성을 얻어 아우구스투스
(Gaius Julius Caesar Augustus) 황제의 총애를 받았다. 그
의 작품들은 기교가 탁월하고 도회적 유머와 인간미
가 넘친다.

죽음이 어느 때 너를 찾든지

아침이 되거든 저녁때까지 살 수 없을지도 모른다고
생각하고,
저녁때가 되거든 내일 아침을 볼 것이라고 스스로 확신하지
마라.
그러니 너는 죽음이 어느 때 너를 찾든지
항상 준비되어 있어야 한다.
많은 사람이 준비 없이 갑자기 죽는다.
'네가 생각지도 않은 때에 사람의 아들도 올 것'이기
때문이다.

-토마스 아 켐피스, 《준주성범》 중에서.

모란처럼 뚝뚝 무너져 내려야

살 때는 삶에 철저해 그 전부를 살아야 하고,
죽을 때는 죽음에 철저해 그 전부를 죽어야 한다.
삶에 철저할 때는 털끝만치도 죽음 같은 것을 생각할 필요가
없다.
또한 일단 죽으면 조금도 삶에 미련을 두어서는 안 된다.
사는 것도 내 자신의 일이고
죽음도 또한 내 자신의 일이니,
살 때는 철저히 살고
죽을 때 또한 철저히 죽을 수 있어야 한다.

꽃은 필 때도 아름다워야 하지만,
질 때도 아름다워야 한다.
모란처럼 뚝뚝 무너져 내릴 수 있는 게
얼마나 산뜻한 낙화인가.
새잎이 파랗게 돋아나도록 질 줄 모르고 매달려 있는 꽃은
필 때만큼 아름답지가 않다.

-법정,《살아 있는 것은 다 행복하다》중에서.

법정 法頂(1932-2010)

전라남도 해남에서 태어나 전남대 상과대학을 수료한 뒤 통영 미래사에서 당대의 고승 효봉(曉峰)을 은사로 출가했다. 지리산 쌍계사, 가야산 해인사, 조계산 송광사 등 여러 선원에서 구도의 길을 걸었고, 〈불교신문〉 편집국장, 송광사 수련원장 등을 지냈다. 송광사 뒷산에 직접 불일암(佛日庵)을 짓고 청빈한 삶을 실천하며 홀로 산 법정 스님은 순수 시민운동 단체인 '맑고 향기롭게'를 만들어 이끌었고, 대원각을 시주받아 길상사로 고쳐 회주로 있었다. 회주 직에서 물러난 뒤에는 강원도 산골에서 밭을 일구며 '무소유'의 삶을 살았다. 그러던 중 폐암이 발병해 투병생활을 하다 모든 것을 아름답게 마무리하고 길상사에서 입적했다. 스님의 유언은 "일체의 장례의식을 행하지 말고, 관과 수의를 따로 마련하지도 말며, 편리하고 이웃에 방해되지 않는 곳에서 지체 없이 평소의 승복을 입은 상태로 다비하여 주고, 사리를 찾으려고 하지 말며, 탑도 세우지 마라"였다.

삶도 모르는데 어찌 죽음을

계로가 스승 공자에게 물었다.

"귀신을 섬긴다는 것이 무엇입니까?"

공자가 대답했다.

"산 사람도 능히 섬기지 못하면서 어찌 귀신을 섬긴단
말이냐?"

계로가 물었다.

"그러면 죽음이란 무엇입니까?"

공자가 다시 대답했다.

"삶도 아직 모르는데 어찌 죽음을 알겠느냐?"

季路問"事鬼神"
子曰"未能事人, 焉能事鬼"
季路問"敢問死"
子曰"未知生, 焉知死"

－공자,《논어》중에서.

공자 孔子 (기원전 552-479)

공자는 중국 춘추시대 말기의 철학자이자 교육자로, 주 왕조의 예악(禮樂) 문화를 숭상하며 예악과 인의 조화를 추구하고 중용(中庸)을 강조했다. 공자의 제자들이 스승의 가르침을 받아 적은 책이 바로 《논어》인데, 현실 생활에 기반을 둔 공자의 유교적 가르침에서 죽음에 대해 들려주는 말은 "삶도 아직 모르는데 어찌 죽음을 알겠느냐?" 이 단 한 문장이다.

신비의 문 앞에 서다

나는 삶이 무엇인지 알고 있다.
이제 죽음이 무엇인지 알고 싶다.
나는 커다란 신비의 문 앞에 서 있다.
그래서인지 흥분으로 가슴이 떨리는구나.
나는 마치 미지의 멋진 여행을 떠나는 기분이다.

죽음을 두려워한다는 것은 누군가가 지혜롭지 않으면서
지혜롭다고 생각하는 것 이상의 다른 것이 아니다. 그건
자신이 모르는 것을 알고 있다고 생각하는 것이기 때문이다.
어느 누구도 죽음이 인간에게 올 수 있는 축복 중에 가장 큰
것이 아닌지를 알지 못하는데, 그들은 죽음이 인간에게 닥칠
수 있는 최악의 것처럼 두려워하기 때문이다. 이는 알지
못하면서 아는 것처럼 생각하고 있다는 점에서 가장 비난할
만한 태도이다.

–김귀룡, "죽음, 무지를 자각함으로써 넘어설 수 있는 사태",

정동호 외,《철학, 죽음을 말하다》중에서.

소크라테스 Socrates(기원전 469-399)

고대 그리스의 대표 철학자. 아버지는 조각가이고 어머니는 산파였다. 소크라테스의 가장 유명한 말인 '너 자신을 알라'(gnothi seauton)는 무지에 대한 자각을 강조한 말이다. 그는 남을 가르쳐 깨닫게 하는 일에 모든 힘을 쏟았다. 늘 남루한 옷차림으로 광장을 거닐었는데, 수많은 사람들이 그의 가르침을 듣기 위해 모여 들었다. 소크라테스는 신성모독과 청년들을 현혹한다는 죄목으로 사형 판결을 받았다. 플라톤은 대화편 《파이돈》에서 스승 소크라테스가 독약을 마시고 의연히 죽음을 맞이하는 장면을 상세히 묘사했다. 소크라테스는 죽음에 대해 "미지의 멋진 여행을 떠나는 기분"이라 했다.

한 조각 뜬구름과도 같은

삶은 한 조각 구름이 일어나는 것이고,
죽음은 한 조각 구름이 사라지는 것이다.

구름 자체가 실체가 없으니
삶과 죽음 역시 그와 같도다.

生也一片浮雲起
死也一片浮雲滅
浮雲自體本無實
生死去來亦如是

서산대사 西山大師(1520-1604)
조선 중기의 승려로 법명은 휴정(休靜)이다. 잘 알려
진 바와 같이 임진왜란 때 승군장 역할을 맡아 왜군
을 물리쳤다. 삶과 죽음을 뜬구름에 비유한 이 시는
서산대사가 세상을 떠나기 직전에 남긴 시다.

인생에 나쁜 것이란 없다

죽음을 미리 생각하는 것은 자유에 대해 생각하는 것이다.

죽음을 배운 사람은 노예 상태에서 벗어난 사람이다.

생명을 상실한다는 것이 나쁜 것만은 아님을 깨달은 이에게

인생에 나쁜 것이란 없다.

죽는 법을 알면 모든 구속에서 벗어난다.

-몽테뉴,《수상록》중에서.

몽테뉴 Montaigne(1533-1592)

프랑스의 대표 사상가로 에세이 장르의 원조인《수상록》을 남겼다. 삶과 죽음에 대한 깊은 성찰이 담긴 《수상록》은 몽테뉴의 유일한 책으로, 자신의 죽음을 준비하며 죽기 전까지 20년 동안 집필했다. 툴루즈 대학에서 법학을 전공하고 법관이 된 몽테뉴는 아버지와 동생을 잃고 그 자신도 죽을 뻔한 위기를 겪은 후 자신의 첫 아이가 두 달 만에 죽는 절망적인 경험을 했다. 몽테뉴 역시 예순을 넘기지 못하고 중증 후두염으로 숨을 거두었다.

아름다운 마무리

아름다운 마무리는 삶에 대해 감사하게 여긴다. 내가 걸어온
길 말고는 나에게 다른 길이 없었음을 깨닫고 그 길이 나를
성장시켜 주었음을 긍정한다. 자신에게 일어난 일들과 모든
과정의 의미를 이해하고 나에게 성장의 기회를 준 삶에
대해, 이 존재계에 대해 감사하는 것이 아름다운 마무리다.

-법정, 《아름다운 마무리》 중에서.

허망한 일

삶은 결국 죽음을 통해 원래의 상태로 돌아간다.

위대한 생명이 한낱 죽음으로 소멸되다니 참으로 허망하다.

그렇게 보면 삶은 아무 의미가 없고

인간은 참으로 불쌍한 존재에 불과하다.

실은 불쌍할 이유도 없다.

원래 없었던 존재인데 잠시 있다가 다시

없는 상태로 돌아가는 것이기에 사실 잃는 것이 없다.

생각해 보라.

죽음으로 대체 우리가 잃는 게 무엇이란 말인가.

-쇼펜하우어, 《인생론》 중에서.

쇼펜하우어 Schopenhauer(1788~1860)

독일 철학자. 아버지는 은행가, 어머니는 작가였다. 비교적 부유한 집안에서 태어나 평생 걱정 없이 공부했다. 독일 괴팅겐 대학에서 철학과 자연과학을 공부했으며, 베를린 대학에서는 피히테(J. Fichte)와 슐라이어마허(F. Schleiermacher)에게 철학을 배웠고, 예나 대학에서 철학박사 학위를 받았다. 베를린 대학에서 강의를 맡았지만 헤겔의 압도적 인기에 밀려 결국 사직했다. 허무주의적 염세철학자로 평생 독신으로 살았다. 그는 죽음을 '원래의 상태로 돌아가는 것'이라며 '죽음으로 무엇을 잃었느냐'고 반문한다.

인간은

인간은 태어나자마자 죽음에로 던져진 존재이다.

-박찬국, "죽음은 인간 개개인의 가장 고유한 가능성이다",

정동호 외, 《철학, 죽음을 말하다》 중에서.

하이데거 Martin Heidegger(1889-1976)

독일의 철학자로 20세기 지성사에 가장 큰 영향을 끼쳤다. 가톨릭 신부가 되길 원했으나 심장병 때문에 꿈을 포기하고 철학을 필생의 과업으로 삼았다. 마르부르크 대학 교수와 프라이부르크 대학 총장을 역임했다. 나치에 입당한 것이 그의 삶에 커다란 오점으로 기록되어 있다. 결국 지병인 심장병으로 세상을 떠났다. 대표 저서는 《존재와 시간》. 하이데거는 인간을 '죽음에 던져진 존재'로 보았고, 죽음이 삶의 종말이 아니라 실제 모습이라 말한다.

어둠에서 빛으로

죽음은 우리를 죄와 이로 말미암은 온갖 고통과 불행,

인생의 모든 질고로부터 해방시켜

복된 생명으로 옮겨다 주는 것이다.

따라서 죽는다는 것은

우리가 이승에서 저승으로,

죽음에서 삶으로,

어둠에서 빛으로 '건너감'이다.

-김수환, 《김수환 추기경의 신앙과 사랑》 제2권 중에서.

김수환 金壽煥(1922-2009)
한국 최초의 가톨릭 추기경. 독실한 가톨릭 신앙을
가진 가난한 옹기장수의 막내아들로 태어나 일본 상
지대학 철학과에 입학했으나 가톨릭 신학대학으로
편입해 사제 서품을 받았다. 그후 독일 뮌스터 대학
에서 신학사회학을 공부했다. 천주교 서울대교구 교
구장과 한국천주교주교회의 의장을 역임했다. 그는
평생을 하느님의 사랑을 실천하며 살았으며, 마지막
가르침 역시 "고맙습니다. 서로 사랑하세요"였다.

죽음을 향해 살다

모든 생명은 태어날 때부터 죽음을 향해 산다.
죽음은 인간이 태어나던 태초의 순간으로
우리를 안내하는 문이다.

−이제민, 《주름을 지우지 마라》 중에서.

이제민

가톨릭 신부. 독일 뷔르츠부르크 대학에서 기초 신
학박사 학위를 받고 광주 가톨릭 대학에서 사제가 될
학생들을 가르쳤다. 그후 독일 함부르크 한인 성당
주임신부로 있었고, 현재는 경남 밀양 명례성지에서
'녹는소금운동'을 펼치고 있다. 이제민 신부는 인간
을 태어날 때부터 '죽음을 향해 가는 존재'로 보았다.

삶의 디테일

모든 사람의 끝은 같다.
다만 그가 어떻게 살고 어떻게 죽었는지
그 디테일이 그를 구분할 뿐이다.

어니스트 헤밍웨이 Ernest Hemingway(1899-1961)
미국의 소설가. 불필요한 문구를 없애고 최대한 빠르
고 단순한 문장을 써 내려간 작가로 유명하다. 스페
인 내란 때 종군기자로 참전했고, 이때의 경험을 바
탕으로 《누구를 위하여 종은 울리나》를 썼다. 그후
《노인과 바다》로 퓰리처상과 노벨문학상을 받았다.
아프리카 여행 중 두 번이나 비행기 사고를 당해 죽
을 뻔했다. 그후 엽총 사고로 세상을 떠났는데, 자살
로 추정된다. 헤밍웨이는 삶의 디테일이 그 사람을
완성한다고 말했다.

좋은 죽음의 기준

좋은 죽음(Good Death)의 가장 중요한 기준은 "인생의
마지막 순간을 어디에서, 누구와 함께 보내며 어떤 모습으로
맞이하는가?"입니다. 즉, 좋은 죽음은 '자신이 가장 원하는
장소에서, 가족이나 친구들과 함께 인간의 존엄과 품위를
유지한 모습을 보이며 고통 없이 맞이하는 죽음'입니다.

−KBS〈생로병사의 비밀〉제작팀,

《오늘이 내 인생의 마지막 날이라면》중에서.

우리가 모르는 것과 아는 것 세 가지

우리는 죽음에 대해 모르는 게 세 가지, 아는 게
세 가지 있습니다.
언제, 어디서, 어떻게 죽을지 모른다는 것이 모르는 것
세 가지이고,
죽는 순서가 없고, 혼자 죽고, 빈손으로 죽는다는 것이
아는 것 세 가지입니다.
이런 이유로 수의(壽衣)에 주머니가 없는 것입니다.
유언을 남기고 가면 남은 분들에게 힘이 되고 위로가
됩니다.
외국 묘비에 가면 라틴어로 '호디에 미히, 크라스
티비'(Hodie Mihi, Cras Tibi)라고
쓰여 있습니다. '오늘은 나, 내일은 너'라는 뜻입니다.
누구나 죽음을 부정하고 싶겠지만 내 차례가 오고야 마는
것입니다.
그래서 내일의 죽음을 준비해야 하는 것입니다.

원주희
'사(師, 士)자 직업'이 네 개(약사, 목사, 대형버스 기사, 장
의사)인 한국 호스피스의 개척자. 현재 경기도 용인시

백암면에 위치한 샘물호스피스병원의 목사이자 그 곳 선교회 회장이다. 지난 20여 년간 말기 암 환자 9천여 명이 샘물호스피스병원에 머물렀으며 그중 8천여 명이 이 병원에서 임종했다. 원주희 목사는 죽음에 대해 아는 것 세 가지와 모르는 것 세 가지를 꼽으며 누구에게나 반드시 찾아올 죽음을 제대로 준비해야 한다고 강조한다.

삶에 대해 던지는 질문

나는 하느님이 인간을 창조하시며 동시에 생명의 한계를
정하지 않으셨을까 생각합니다. 그렇다면 죽음에도
긍정적인 부분이 있을지 모릅니다. 하느님이 만드신 것은
무엇이든 선을 위해 만들어진 것이니까요.

*

죽음이라는 주제를 논하는 것은 그리 간단하지 않습니다.
역설적이지만 죽음은 삶에 대해 질문을 던지는 일이라고 할
수 있습니다. 그러니까 죽음은, 지상에서 우리가 무엇을 해
나갈지 정하는 일이라고 할 수 있습니다.

프란치스코 교황 Pope Francisco
2천 년 가톨릭교회 역사상 최초의 라틴아메리카 출신, 예수회 출신 교황이다. 아르헨티나에서 태어났으며 속명은 호르헤 마리오 베르고글리오(Jorge Mario Bergoglio). 부에노스아이레스 대학에서 화학 석사를 취득했고, 성요셉 신학 대학에서 철학을 전공했으며 독일에서 박사학위를 받았다. 프란치스코 교황은 공적으로나 사적으로 검소함과 겸손함을 잃지 않고 사회의 소수자들, 특히 가난한 사람들에 대한 관심과 관용을 촉구하며, 다양한 배경과 신념, 신앙을 가진 사람들 사이의 소통을 강조한다.

잘 죽어가는 법

'죽음 연습'이란 생각할 수 없는 '죽음'을 생각해 보려고
애쓰면서 좋은 삶에 대한 사색으로 나아가는 것이다. 달리
말하자면, 죽음을 생각한다는 것은 죽음에 대한 막연한
불안, 끈질긴 공포를 들여다보고, 타인의 죽음에서 느끼는
고통, 슬픔을 극복하고, 사는 동안 잘 죽어가는 법을
고민하는 것과 다르지 않다.

–이경신,《죽음 연습》중에서.

이경신
서울대 철학과를 졸업하고 프랑스 몽펠리에 3대학에
서 철학박사 학위를 받았다. '하늘을 나는 교실'에서
성인 철학 교실을 운영하고 있다. 이경신은 아무리
죽음을 연습해도 면역되지 않지만, 그럼에도 불구하
고 죽음 연습을 해야 한다고 말한다. 죽음으로 가득
찬 삶 속에서도 살아 있는 한 작은 기쁨을 발견할 수
있기 때문이다.

무기체의 법칙

죽음이란 생명 활동이 정지된 상태, 달리 말해 생명을 갖고 있는 유기체가 해체되어 무기물의 법칙을 따르게 된 상태를 말한다.

*

죽음을 밝게 보는 사람은 삶을 밝게 보게 되며 어둡게 보는 사람은 삶을 어둡게 보게 된다.

-정동호, "죽음에 대한 철학적 성찰",

《철학, 죽음을 말하다》중에서.

정동호
충북대 철학과 교수. 독일 프라이부르크 대학에서 박사학위를 받았다. 정동호는 죽음이란 "유기체가 무기물의 법칙을 따르게 된 상태"라고 말한다.

짙게 물든 빛과 더불어

인간에게는 죽음이 생물학적인 사실로 해서 찾아오지
않는다.
그것은 정신의 형이상학과 영혼의 종교학에 짙게 물든 빛과
더불어
우리들을 찾아온다.

-김열규,《메멘토 모리, 죽음을 기억하라》중에서.

김열규 金烈圭(1931-2013)
경남 고성에서 태어났고, 서강대 국어국문학과에서
학생들을 가르쳤다. 국문학과 인문학을 동시에 연
구한 한국학의 거장이다. 저서로는《노년의 즐거움》
《한국인 한국 문화》《아흔 즈음에》등 70여 권이 있
다.

우리는 죽는 것을 두려워한다. 그것은 죽음이 불시에 닥쳐서
날짜와 시간을 알 수 없기 때문이다. 죽음 뒤에 오는 것을
겁내기 때문에 우리는 낯설고 불쾌한 곳에 있는 걸
두려워하고 불안해한다. 우리가 '잘' 죽기를 원하려면
'잘' 사는 법을 배워야 한다.

  *

죽음을 두려워하는 이유 중의 하나는 자기 자신의 영적
깨달음 외에 그 어떤 의지할 것도 없이 갑자기 완전히
혼자가 된다는 사실에 있다. 영적 깨달음이 깊을 때는
죽음이 우리에게 들이미는 모든 상황들에 효과적으로
대처할 수 있다.

*

죽음에서 벗어날 방법이란 없다. 이는 하늘을 찌를 듯한 네
개의 거대한 산에 둘러싸였을 때 그로부터 벗어날 길이 없는
것과 마찬가지다. 그 네 개의 산인 생로병사(生老病死)는
모든 탈출구를 막는다.

*

죽음은 우리 삶의 일부다. 우리가 사랑하든 그렇지 않든
죽음은 닥친다. 죽음에 대해 생각하기를 피하느니 그 의미를
깨달으려고 애쓰는 편이 낫다. '그래, 죽음은 내 삶의
일부야'라는 태도를 가진다면 아마도 죽음을 맞이하기가
훨씬 수월할 것이다.

-베르나르 보두엥,《달라이 라마》중에서.

달라이 라마 Dalai Lama(1935-)
달라이 라마는 불교의 티베트 종파인 라마교의 영적
지도자를 일컫는다. 1578년에 최초로 라마교 지도자
에게 부여된 이 명칭은 '지혜가 넓은 바다와 같고 큰
덕을 소유한 위대한 스승'이란 의미를 가진다. 현재
의 달라이 라마 14세(텐진 갸초)는 즉위한 이래 티베트
인들의 정신적 신앙적 지주로서 중국으로부터 티베
트의 독립을 이끌어내는 데 평생 헌신했다. 인도 다
람살라에 티베트 망명 정부를 세우고 현재까지 티베
트의 영적 지도자이자 통치권자로 티베트 국민들을
이끌고 있으며, 세계 평화에 기여한 공로로 노벨평화
상을 받았다. 달라이 라마는 '영적 깨달음이 깊으면
죽음이 두렵지 않다'고, 죽음의 순간에 고결한 마음
상태를 유지하는 것이 가장 중요하다고 가르친다.

삶이 달라진다

죽음을 배우면
죽음이 달라지는 것이 아니라
삶이 달라진다.
자신의 마지막을 정면으로 응시하면
들쭉날쭉하던 삶에 일관성이 생기고
시련을 극복할 수 있는 용기가 생긴다.

-김여환,《죽기 전에 더 늦기 전에》중에서.

김여환
대구의료원 평온관에서 암환자들과 고통을 함께 나
누는 호스피스 완화의료센터장이자 가정의학과 의
사. 삼인당 건강연구소 대표이며 무채색의 호스피스
병동을 유채색 병동으로 바꾸는 일을 하고 있다. 저
서로는《내일은 못 볼지라도》《죽기 전에 더 늦기 전
에》《행복을 요리하는 의사》가 있다. 김여환은 '죽음
은 자비도 연민도 베풀지 않기 때문에 죽기 전에, 더
늦기 전에 우리의 마지막과 접촉해야 한다'며 '죽음
을 배우면 삶이 달라진다'고 말한다.

아직 오늘은 아니다

따뜻한 벽난로 앞에 앉아
우리가 좋아하는 붉은 포도주를 마시며
평온한 죽음을 맞이할 수 있다면…
아아, 그러나 나중에, 아직 오늘은 아니다!

헤르만 헤세 Hermann Hess(1877-1962)
독일 출신의 시인, 소설가, 화가, 농부. 어린 시절 시
인이 되고자 수도원 학교에서 도망쳐 나와 시계공방
과 서점 등에서 견습사원으로 일했다. 15세에 자살을
시도해 정신병원에 입원하는 등 질풍노도의 청년기
를 보냈다. 그림과 음악, 농사는 헤세 평생의 벗이었
다. 중국 사상과 인도 사상에 심취해 이를 작품에 반
영했으며, 노벨문학상을 받았다.

죽음을 눈앞에 두고

노화는 죽음에 대한 준비다.
죽음을 피하는 자는
인생의 가장 중요한 과제를 피하는 것이다.
융은, 젊을 때 삶을 두려워하던 사람은
늙어서도 죽음을 두려워한다는 사실을 발견했다.

 *

죽음의 명상, 즉 의도적으로 자신의 죽음을
눈앞에 응시하는 연습은,
우리가 시간의 가치를 분명하게 느끼고
매 순간을 의식하며 살도록 도와준다.
이 순간이 마지막일 수도 있기 때문이다.

*

언제나 죽음을 눈앞에 두고 있으면
오히려 불안으로부터 해방된다.
어떤 교부가 왜 불안해하지 않느냐는 질문을
받았다. 그러자 그는 대답하기를,
매일 죽음을 눈앞에 두고 있기 때문이라고 했다.

*

죽음을 눈앞에 두고 산다는 것은 우리에게 새로운 삶의
질을, 새로운 성장과 마음의 신중함을 선사하는 것이다.

-안셀름 그륀,《삶의 기술》중에서.

안젤름 그륀 Anselm Grun(1945-)
베네딕트수도원 소속 신부. 성 오틸리엔 대학과 로마
성 안셀모 대학에서 철학과 신학을 공부하고 신학박
사 학위를 받았다. 뉘른베르크 대학에서 경영학을 공
부했으며, 칼 융(Carl Jung)의 분석심리학을 공부해 수
도승 전통과 융의 심리학을 비교·연구했다. 안젤름
그륀은 "죽음을 피하는 자는 인생의 가장 중요한 과
제를 피하는 것"이라고 말한다.

두려움의 근원

죽음에 대한 두려움은 왜 있을까?
우리가 연속성에 매달릴 때
죽음에 대한 두려움이 있다. 성격에서의 연속성,
행위의 연속성, 능력이나 이름에서의 연속성을 갈망하는 한
죽음에 대한 두려움이 있다. 어떤 결과를 추구하는
행위가 있는 한 반드시 연속성을 추구하게 되어 있다.
이 연속성이 죽음에 의해 위협받을 때
두려움이 생겨난다. 따라서 연속성을 갈망하는 한
죽음에 대한 두려움이 계속 남아 있을 수밖에 없다.

*

죽음의 아름다움과 죽음의 본질을 이해하려면
아는 것으로부터 자유로워야 한다.
아는 것이 사라져야 그 안에서 죽음에 대한 이해가
시작된다. 그러면 마음이 새로워지며
두려움이 없어진다.

*

만일 우리가 단 하루를 살고 그 날과 함께 죽으며 또 다른
날을 마치 신선하고 새로운 날인 것처럼 다시 시작한다면,

그때 거기에는 죽음에 대한 두려움이 없을 것이다.

-크리슈나무르티,《삶과 죽음에 대하여》중에서.

지두 크리슈나무르티

Jiddu Krishnamurti(1895~1986)

인도 사상가로 어떤 종교나 학파에도 속하지 않은 세
계인의 정신적 스승이었다. 수많은 사람들이 구루(지
도자)로 숭배하려 했으나 거부했고, 죽을 때까지 강
연과 집필에만 몰두했다. 크리슈나무르티는 우리가
"연속성에 매달릴 때 죽음에 대한 두려움이" 생긴다
고 말한다. 고집스럽게 붙들고 있는 것들을 매일매일
완전하게 내려놓을 때 비로소 죽음이 두렵지 않게 된
다고 가르친다.

가장 아름다운 축제

모두들 죽음을 소중하게 받아들인다. 그러나 죽음은 아직도
축제가 되지 못하고 있다. 사람들은 이 가장 아름다운
축제를 어떻게 벌일 것인지 아직도 배우지 못했다.

＊

죽음을 맞이해서 정신과 덕은 지상을 둘러싼
저녁노을처럼 붉게 달아올라야 한다.
그러지 않으면 그 죽음은 실패한 것이다.

-프리드리히 니체, 《차라투스트라는 이렇게 말했다》 중에서.

프리드리히 니체
Friedrich Wilhelm Nietzsche(1844-1900)
독일의 철학자이며 시인으로 서양철학의 전통을 뿌
리째 흔들어 놓은 사상가이다. 목사의 아들로 태어
나 본 대학과 라이프치히 대학에서 고전문헌을 공부
했고, 25세의 젊은 나이에 바젤 대학 교수가 되었다.
그의 책 《차라투스트라는 이렇게 말했다》에는 '초인'
'영원 회귀' '힘의 의지' 등 니체 철학의 핵심 사상이
들어 있다. 니체 없이는 20세기의 철학과 신학, 심리
학의 역사를 생각할 수 없다.

때가 되면

인간은 태어나는 순간부터 죽을 때까지

항상 스스로를 변화시켜야 생존할 수 있다.

엄마 젖을 떼고 싶지 않아도

때가 되면 젖 대신 밥을 먹어야 하고,

어른이 되고 싶지 않아도

언젠가는 어른이 되어야 한다.

늙고 싶지 않아도 늙을 수밖에 없고,

죽고 싶지 않아도 때가 되면 죽어야 한다.

–박이문,《이 순간 이 시간 이 삶》중에서.

박이문 朴異汶(1930-2017)

본명은 박인희. 유학자 집안에서 태어나 어린 시절
시인과 작가를 꿈꿨다. 서울대 불문학과를 졸업하고
프랑스에서 문학박사, 미국에서 철학박사 학위를 받
았다. 예술·과학·동양사상 등으로 새로운 인문학을
개척했다. 서강대, 포항공대, 이화여대 등에서 교수
생활을 했으며 저서로는 '박이문 인문학 전집'(전10권)
이 있다.

오늘 죽음을 상상해야

도시에 사는 이들은 대부분 병원에서 마지막 순간을 맞는다. 하지만 그곳은 한 인간이 삶을 매듭짓는 데 적당하지 않을지도 모른다. 일단 그 안에 들어선 이상 쉽게 나올 수도, 자신의 뜻을 강하게 주장할 수도 없기 때문이다. 만일 자신의 죽음에 대해 아무것도 결정하지 않았고 평소에 그 어떤 바람도 표현하지 않았다면 가족과 의료진이 고통스러운 결정을 떠맡아야 한다.

하지만 그들 역시 법과 의학, 도덕적 책임에 끌려갈 수밖에 없는 약한 존재들일 뿐이다. 누구나 한 번쯤 병원에서 죽어가는 이의 손을 잡아 주는 사람이 되거나, 아니면 손을 청하는 사람이 될 것이다. 그때 고맙다는 말, 사랑한다는 말을 놓치지 않기 위해서,

당신은 오늘 죽음을 상상해야 한다.

—김형숙, 《도시에서 죽는다는 것》 중에서.

김형숙
서울대 간호학과를 졸업하고 서울의 한 대형 병원 중 환자실 간호사로 20여 년간 일했다. 그곳에서 연명치

료나 장기이식 등의 문제를 둘러싸고 발생하는 윤리적 딜레마를 수없이 경험하고, 가톨릭대 생명대학원에 진학해 생명윤리학을 전공했다. 간호학 박사학위를 받고 현재 순천향 대학에서 학생들을 가르치고 있다.

살아 있는 사람의 문제

죽음은 살아 있는 사람의 문제다.

죽은 사람에게는 더 이상 문제가 되지 않는다.

노르베르트 엘리아스 Norbert Elias(1897-1990)

독일 출신의 영국 사회학자. 브레슬라우 대학에서 철학과 의학을 공부했으며 독일 하이델베르크 대학에서 사회학을 전공했다. 빌레펠트 대학에서 학제 간 연구센터 초빙 교수와 영국 레스터 대학 교수로 활동했고, 《문명화 과정》《죽어가는 자의 고독》등의 책을 썼다. 그는 죽음이란 것이 결코 죽은 사람의 문제가 아니라고, 살아 있는 사람들의 문제라고 말한다.

우리가 죽을 것이라는 사실

모르스 세르타, 호라 인세르타

Mors certa, hora incerta

인생에서 가장 확실한 것은 우리가 죽을 것이라는 사실이고,
가장 불확실한 것은 죽음이 닥치는 시기라는 것이다.

-스타니슬라프 그로프,《죽음이란》중에서.

스타니슬라프 그로프 Stanislav Grof(1931-)
체코 카를 대학에서 의학박사 학위를 받았다. 정신과
의사로 '인간 의식 연구 선구자'라는 국제적 명성을
얻었고, 새로운 심리학 분야인 '초개인 심리학'을 정
립했다. 미국 존스홉킨스 의과 대학 교수와 국제초개
인주의협회 회장을 지냈다.

한 번 피는 꽃

인생은

한 번 피는 꽃

천지는 큰 나무다.

잠깐 피었다

도로 떨어지나니

억울할 것도 겁날 것도 없다.

人世一番花

乾坤是大樹

乍開還乍零

無冤亦無懼

-안대회,《새벽 한 시》중에서.

원중거 元重擧(1719-1790)

조선시대 무반(武班) 출신이었으나 홀로 공부하여 일
찍이 향리에서 이름을 떨쳤다. 시재(詩才)를 인정받
아 일본통신사 서기에 발탁되어 일본을 방문하기도

했으며, 여러 벼슬을 거쳐 노년에는 선영이 있는 경기도 양평 용문산 아래로 낙향해 아이들을 가르치며 농사를 지었다. 위 시는 친했던 친구의 죽음을 겪고 지은 것인데, 죽음을 두려워하지 않는 선비의 당당한 모습을 느낄 수 있다.

길가메시의 불로초

인간만이 죽음을 인식하고 준비한다. 죽음은 인간의 삶을
가장 빛나게 해 주는 신의 선물이다. 그들은 죽음을 극복한
한 영웅에 관한 이야기를 듣는다. 그 영웅의 이름은 바로
'길가메시'다. 그는 인류 최초의 도시인 우룩을 건설한
왕이다. 길가메시(Gilgamesh)는 수메르어로 '노인이 청년이
되었다'라는 뜻이다. (…) 〈길가메시 서사시〉는
길가메시라는 영웅이 영생을 찾기 위해 바다 속 심연으로
내려가 불로초를 따 오는 이야기다.

길가메시는 인간으로 태어났지만 지하세계에서 영원히 살고
있다는 우트나피쉬팀에 대한 소문을 듣는다. 그는 영생의
비밀을 알아내고 싶어 그를 찾아 나선다. (…) 우여곡절 끝에
우트나피쉬팀을 만난 그는 깜짝 놀란다. 우트나피쉬팀이
자신과 똑같이 생겼기 때문이다. 사력을 다해 영생에 대해
알고자 여정을 떠나는 순간부터 그는 이미 영생을 살고 있는
우트나피쉬팀이 된 것이다. 길가메시는 영생을 찾아 목숨을
건 이 숭고한 여행에서 깨닫는다. 영생이란 '영원히 사는
것'이 아니라, '순간을 영원처럼 사는' 기술, 즉 영생을
추구하는 삶 자체라는 것을. (…)

우트나피쉬팀은 길가메시에게 불로초가 있는 장소를
알려준다. (…) 길가메시는 다리에 돌을 동여매고 누구도
여행한 적이 없는 바다의 멧부리, 심연으로 헤엄쳐 간다.
그리고 마침내 불로초를 손에 넣는다. 길가메시는 이 영생의
식물을 가지고 우룩으로 향한다. 더위에 지친 길가메시는
옷과 불로초를 놓아둔 채 연못으로 뛰어든다. 그런데
아뿔싸! 순식간에 뱀이 튀어나와 불로초를 삼켜 버리고
만다. 뱀은 허물만 남긴 채 사라져 버린다.

-배철현,《심연》중에서.

배철현 (1962-)
미국 하버드 대학에서 고전문헌학을 전공해 박사학
위를 받았다. 서울대 종교학과 교수로 재직 중이며
미래혁신학교 건명원 운영위원으로 활동하고 있다.
저서로는《심연》《신의 위대한 질문》《인간의 위대한
질문》등이 있다. "죽음은 인간의 삶을 가장 빛나게
해 주는 신의 선물"이라는 말에 공감한다. 또 영생이
란 '영원히 사는 것'이 아니라 영생을 추구하는 삶 자
체라는 것을 깨닫는다.

2 부

연습해도 면역되진 않아

.. 죽음을 겪다

모든 희망을 버려라

나를 거쳐 황량한 도시로
나를 거쳐 영원한 슬픔으로
나를 거쳐 버림받은 자들 사이로 들어가노라.
(…)
나 이전에 창조된 것은 영원한 것들뿐,
나도 영원히 남으리.
여기 들어오는 너희는 모든 희망을 버릴지어다.

어느 문의 꼭대기에 어두운 빛깔로 쓰인 글귀가 눈에
들어왔다.
나는 말했다.
"선생님, 저 말뜻이 무섭습니다."
(…)
탄식과 울음과 고통의 비명이
별 하나 없는 어두운 하늘에 울려 퍼졌다.
그 소리를 처음 들은 나는 울음을 터뜨렸다.

－단테,《신곡》중에서.

단테 알리기에리 Dante Alighier(1265-1321)

이탈리아 피렌체에서 태어난 것으로 추정. 시인이자
예언자, 기독교인이다. 그는 중세를 종합하고 근대의
문을 연 지식인이며 서양 문학을 대표하는 작가로서
그리스와 로마 고전, 중세 신학과 철학, 자연과학을
두루 공부해 르네상스의 선구자가 되었다. 어린 시절
베아트리체에 대한 사랑은 그에게 일생 동안 깊은 영
감을 주었다.《신곡》은 16년 동안 구상한 작품으로
지옥 편, 연옥 편, 천국 편으로 구성되었고, 위 글은
지옥 편에 나온다. 이 시를 소리 내어 읽으면 지옥의
검은 그림자가 덮칠 것 같은 오싹한 느낌이 든다.

진정 두려운 것은

아주 나이가 많은 사람들의 경우, 그들이 두려워하는 것은
죽음이 아니라고 말한다. 죽음에 이르기 전에 일어나는
일들, 다시 말해 청력, 기억력, 친구들, 그리고 지금까지
살아왔던 생활방식을 잃는 것이 두렵다고 한다.

-아툴 가완디, 《어떻게 죽을 것인가》중에서.

아툴 가완디 Atul Gawande(1965-)
미국의 의사. 스탠포드 대학을 졸업하고 옥스퍼드 대
학에서 윤리학과 철학을 공부했다. 〈타임〉이 선정한
'세계에서 가장 영향력 있는 사상가 100인'에 이름을
올렸고, 영국 〈프로스펙트〉지의 '세계적인 사상가 50
인'에 선정되기도 했다. 그는 노인들이 죽음을 두려
워하는 이유는 자기 자신과 주변의 모든 것을 잃기
때문이라고 말한다.

풍장

친구 사진 앞에서 두 번 절을 한다.

친구 사진이 웃는다.

달라진 게 없다고.

몸 속 원자들 서로 자리 좀 바꿨을 뿐,

영안실 밖에 내리는 저 빗소리도

옆방에서 술 마시고 화투치는 조객들의 소리도

화장실 가기 위해 슬리퍼 끄는 소리까지도

다 그대로 있다고.

-황동규,《풍장》중에서.

황동규 黃東奎(1938-)

평안남도 숙천에서 태어났다. 한국의 대표적 현대 시인이며 서울대 영문학과 교수를 역임했다. 작품집으로는《나는 너를 보면 굴리고 싶다》《사는 기쁨》《즐거운 편지》등이 있다. 풍장은 '시체를 태우고 남은 뼈를 추려 가루로 만든 것을 바람에 날리는 장사법'이다. 시인의 말대로 가장 소중한 사람이 죽어도 야속하게도 세상은 그대로다.

숨결이 바람이 될 때

어느 순간 나는 약간의 협상을 시도했다. 정확히 말하면
협상이기보다는 이런 식이었다.
"하느님, 〈욥기〉를 읽었는데 이해가 안 됩니다. 하지만
제 믿음을 시험하려고 이러시는 거라면, 제 믿음이
얼마나 약해 빠졌는지 이제
아셨을 겁니다. 저는 파스트라미 샌드위치에 매운 겨자가
빠져 있기만 해도 불경스러운 말을 내뱉는
사람이니까요. 하느님, 제게 이렇게
핵폭탄급 시련을 주실 필요는 없었을 텐데요….."
이렇게 협상을 하다가 분노가 치밀었다.
"평생을 바쳐 여기까지 왔는데,
이제 암을 주십니까?"

 *

중병에 걸리면 삶의 윤곽이 아주 분명해진다. 나는 내가
죽으리라는 걸 알았다. 하지만 그건 전부터 이미 알고 있던
사실이었다. 내가 갖고 있는 지식은 그대로였지만 인생
계획을 짜는 능력은 완전히 엉망진창이 됐다. 내게 남은
시간이 얼마나 되는지 알기만 하면 앞으로 할 일은
명백해진다. 만약 석 달이 남았다면 가족과 함께 시간을

보낼 것이다. 1년이라면 책을 쓸 것이다. 10년이라면 사람들의 질병을 치료하는 삶으로 복귀할 것이다.

-폴 칼라니티, 《숨결이 바람이 될 때》 중에서.

폴 칼라니티 Paul Kalanithi(1977-2015)

미국 뉴욕 출신. 문학을 공부하기 위해 스탠포드 대학에서 영문학과 생물학을 전공했고, 케임브리지 대학원에서 과학철학과 의학철학을 공부했다. 그후 예일대 의과대학원에서 의학을 공부했고, 졸업 후 스탠포드 대학병원에서 신경외과 레지던트 생활을 하며 박사후 연구원으로 일했다. 최고의 의사로 꼽히며 여러 대학에서 의학 교수 자리를 제안받았다. 그런데 7년간의 힘든 수련 생활을 하던 마지막 해에 암이 찾아왔고, 결국 36세의 젊은 의사는 사랑하는 가족을 남긴 채 폐암으로 세상을 떠났다. 그는 투병 중 혼신을 다해 삶에 대한 기록을 남겼는데, 그 기록이 바로 《숨결이 바람이 될 때》이다. 그는 〈뉴욕타임스〉에 "시간은 얼마나 남았는가?"라는 칼럼을 실어 많은 사람들에게 깊은 감동을 주었다.

달 따라 가 버린

올 때는 흰 구름 따라 오고
갈 때는 밝은 달 따라 갔네
오고 가는 한 주인은
마침내 어디에 있는고.

-서산대사

서산대사가 어느 스님의 죽음을 슬퍼하며 지은 시.
인생의 덧없음을 담담하게 전한다.

몽고의 풍장

몽고의 한없이 퍼진 들 한가운데
돌 더미 위에 놓인 시체

누군가가 혼자서 그 시체를 칼로
큼직하고 잘 드는 식칼로 쨌다
배를 그리고 가슴을 쨌다

바로 그 위
코발트 빛 높은 하늘에서 독수리들이 빙빙 돈다
눈 아래서 행해지는 풍장 의식을 구경한다

(…)
풍장이 끝난 몽고의 고원 높은 하늘엔
다시 독수리들이 원을 그리며 자유로운 삶의 놀음을 즐긴다
풍장을 마친 아들은
파오에 돌아와 잠자는 애들 옆에서
아내와 사랑을 한다.

　　－박이문,《저녁은 강을 건너오고 시간은 얼마 남지 않았다》중에서.

이 시를 읽으면 마치 몽고 풍장의 현장에 와 있는 듯하다. 시체가 하나 놓여 있고, 독수리 떼가 하늘을 빙빙 돈다. 자연에서 왔으니 자연으로 돌려보내는 그 섬뜩한 풍장 의식이 아직은 가슴에 와 닿지 않는다. 그럼에도 불구하고 넓은 들판에서 독수리에게 시신을 내주는 풍장 의식은 우리가 삶을 어떻게 살아야 하는지 생각하게 만든다.

죽음은

죽음은 단순한 삶의 종말이 아니라
삶의 실상을 개시하는 사건이다.

-박찬국, "죽음은 인간 개개인의 가장 고유한 가능성이다",

정동호 외, 《철학, 죽음을 말하다》 중에서.

박찬국
서울대 철학과를 졸업하고 독일 뷔르츠부르크 대학
에서 철학박사 학위를 받았다. 서울대 철학과 교수.

신비롭고 머나먼 여행

이 세상에서 가장 외로운 것은 어쩌면
죽음이라는 신비롭고 머나먼 여행을 떠날 차비를
하고 있는 영혼이리라.

-오 헨리, 《마지막 잎새》 중에서.

오 헨리 O. Henry(1862~1910)
미국 소설가. 본명은 윌리엄 포터(William S. Porter)이
고 오 헨리는 필명이다. 그는 목동, 우편배달부, 약제
사, 제도사, 은행 출납원, 주간잡지 기자, 신문 기자
등 다양한 직업 생활을 했다. 10여 년 작가 생활을 하
는 동안 무려 300편에 가까운 단편소설을 썼는데, 따
뜻한 휴머니즘이 깃든 작품이 주를 이룬다. 대표 작
품으로는 《마지막 잎새》《경찰관과 찬송가》《크리스
마스 선물》 등이 있다. 위의 글은 《마지막 잎새》에 나
오는 내용으로, 죽음을 "신비롭고 머나먼 여행"을 떠
나는 것이라 말한다.

피할 수 없는 한계상황

죽음은
인간 존재가 피할 수 없는 한계상황이다.

＊

한계상황이란
인간이 변경할 수도 없고 제거하거나 피할 수도 없고
설명할 수도 이해할 수도 없는 상황을 말한다.

＊

한계상황으로서의 죽음을 경험함으로써
비로소 죽음에 대한 불안과 공포가 제거되고
죽음 앞에서의 침착과 평온이 가능해진다.

－신옥희, "죽음은 실존의 거울이다",

정동호 외,《철학, 죽음을 말하다》중에서.

야스퍼스 Karl Jaspers(1883-1969)
독일의 철학자로 실존적 생활 체험에서 얻은 확신의
진리만 믿었다. 정신의학을 전공하고 의사가 되었으

나 하이델베르크 대학 철학부에서 심리학을 강의했다. 유대인 아내와 이혼하라는 나치 정부에 불복해 교수직을 박탈당하기도 했다. 소년 시절부터 심장협착증을 앓아 의사에게 서른 살까지밖에 살지 못할 것이라는 말을 들었는데 86세까지 장수했다. 오래 살았지만 늘 죽음을 생각한 그는 "한계상황으로서의 죽음"을 경험해야 죽음에 대한 불안과 공포가 제거되는 동시에 죽음 앞에서 침착하고 평온해질 수 있다고 생각했다.

인생을 완성하는 시간

죽음은 인간에게
슬픔과 두려움의 차원을 넘어 또 다른 차원을 열어 준다.
인간은 죽음의 시간에 가까워지면서
죽음이 인생을 끝내는 시간이기만 한 것이 아니라
완성하는 시간이기도 함을 깨닫게 되기 때문이다.

-이제민, 《주름을 지우지 마라》 중에서.

느닷없이 다가오는 것

'죽음'은 '자아'에 의해 '존재'의 영역으로 이끌려 들어온 '비존재' 혹은 '무'가 아니라, 존재의 외부에 (비)존재하는 '절대적 타자'다.

*

'죽음'은 결코 경험할 수도, 인식할 수도 없는 '미지의 것'이며 '미스터리'이자 '스캔들'이다.

*

'죽음'은 우리가 우리의 것으로 '선취할 수 있는 것'이 아니라 외부에서 느닷없이 '다가오는 것'이다.

*

'죽음'은 의식의 선취를 통해 장악할 수 있는 현재적 '미래'가 아니라 다가오는 미래, 즉 '도래'이다.

*

'타자'의 죽음이 '나'의 죽음보다 더 근원적이다.

＊

'타자의 죽음'에 대한 무조건적 응답을 통해 우리는 비로소
인간적·윤리적 자아가 된다.

-안상헌, "죽음은 언제나 타자의 죽음이다",

정동호 외,《철학, 죽음을 말하다》중에서.

에마뉘엘 레비나스 Emmanuel Levinas(1906-1995)
리투아니아에서 태어났고 독일 스트라스부르 대학
에서 철학을 공부했다. 프라이부르크 대학에서 후설
(Edmund Husserl)과 하이데거의 강의를 들었고, 후설
의 현상학으로 박사학위를 받았다. 제2차 세계대전
때는 통역장교로 활동하다 잡혀 포로수용소에서 강
제노동에 시달렸다. 그는 유대인이었지만 포로 신분
이라 죽음을 면할 수 있었다. 그러나 그의 형제들과
할아버지, 장인은 모두 유대인 대학살 때 죽음을 당
했다. 전쟁이 끝난 후에는 유대교의《탈무드》를 집중
연구했고, 프랑스 소르본 대학에서 교수 생활을 했
다. 그는 다른 사람의 죽음에 '무조건적으로 응답할
때' 비로소 한 인간으로서 온전한 자아가 형성된다고
했다.

가능성이 제로라도

내가 죽음을 조금 덜 무서워하게 된 이유는
가까운 사람들과 사별하는 일이 많아졌기 때문이다. 만일
그들과 다시 만날 수 있다면(이것은 나의 가장 큰 소망이다),
그러나 내가 죽는 것 말고는 그런 일은
일어나지 않을 것이다. 내가 백만 년을 산다 해도
내 다시는 그들을 만날 수 없다는 사실을
나는 잘 안다. 그 가능성은 제로다.
또한 내가 죽는다고 해도 그들을 다시 만나리라
확신할 수 없다. 그럼에도 그 가능성이 제로라고
단언할 이 역시 아무도 없을 것이다.
죽은 자들의 나라에서 돌아온 사람은 아무도 없으므로….
어느 한편에 내기를 건다면,
나는 다시 만날 수 있다는 데에 걸으리라.

-미끼 기요시, 《인생론 노트》중에서.

미끼 기요시 三木淸(1897-1945)
일본 교토 대학 철학과를 졸업하고, 독일 하이델베르
크 대학에서 뤼케르트(Friedrich Rückert)에게, 마브르

크 대학에서 하이데거에게 철학을 배웠다. 일본 법정대 철학과 교수를 지냈으며 휴머니즘을 표방하는 일본의 대표 철학자다. "죽음의 평화를 느낄 수 있어야 비로소 생의 리얼리즘에 이르렀다"고 할 수 있다고 한 그는 전쟁과 독재에 치닫는 일본 정부에 비판적 견해를 서슴지 않다 제2차 세계대전 중 도요타마구치소에서 옥사한 혁명적 사상가이기도 하다.

익은 과일은 떨어지기 마련

태어난 것은 죽음을 피할 길이 없다.
늙으면 죽음이 온다.
실로 생이 있는 자의 운명은
이런 것이다.

익은 과일은 빨리 떨어질 위험이 있다.
그와 같이 태어난 자는
죽지 않으면 안 된다.
그들에게는 항상 죽음의 두려움이 있다.

젊은이도 장년도
어리석은 이도 지혜로운 이도
모두 죽음에는 굴복한다.
모든 사람은 반드시 죽는다.

그들은 죽음에 붙잡혀
저 세상으로 가지만
아비도 그 자식을 구하지 못하고
친척도 그 친척을 구하지 못한다.

숫타니파타 sutta-nipāta

불경 가운데 가장 먼저 이루어진 경전으로 부처의 설
법을 갖가지 시와 이야기로 묶은 시문집(詩文集)이
다. 숫타니파타에는 죽음에 대한 말들이 많이 담겼
다. 숫타(sutta)는 팔리어로 경(經)이란 뜻이고 니파타
(nipāta)는 모음(集)이란 뜻이다. 태어난 것은 죽을 수
밖에 없다. 아무도 죽음을 벗어날 수 없다. 이것이 사
람에게 주어진 운명이다. 이를 받아들여야 한다고 부
처는 가르친다.

나는 죽음과 마주하고 있다

한 달 전까지 나는 건강하다고 생각했다. 아직 팔팔하다고
느꼈다. 여든한 살이지만 나는 여전히 매일
1마일(1.6킬로미터)씩 수영을 한다. 그러나 내 운은 다했다.
몇 주 전 암이 간으로 전이된 것을 알았다. 9년 전에
안구흑색종이라는 희귀암 진단을 받고 방사선 치료 등을
했지만 한쪽 눈의 시력을 잃었다. 이 암이 전이될 확률은
무척 낮다. 그런데 내가 바로 그 불행한 2퍼센트에
속하게 되었다.

맨 처음 암 진단 이후 9년의 시간에 감사한다. 나는 지금
죽음과 마주하고 있다. 이미 내 간의 3분의 1을 차지한
암세포의 확산을 조금 늦출 수는 있지만 멈출 수 없다는
사실을 안다. 내게 남은 몇 개월을 어떻게 살지는 전적으로
내게 달렸다. 최대한 풍요롭고 깊이 있게 생산적으로 살아야
한다. 지금 이 순간보다 삶에서 더 초연해지기는 어려울
것이다. 지난 며칠 나는 인생을 한 발 떨어져 바라보았다.
이것이 삶의 끝은 아니다. 아니 나는 살아 있음을 강렬하게
느낀다. 이 시간에 우정을 깊게 하고, 사랑하는 이들과
작별하고, 더 많이 쓰고, 힘이 닿는다면 여행도 하고, 이해와
통찰력을 한 단계 높이게 되기를 희망한다.

내 자신과 나의 일, 친구들에게 집중하려고 한다. 더 이상
뉴스는 보지 않겠으며 정치문제는 물론 지구온난화
논쟁에도 관심을 두지 않겠다. 무관심이 아니라 거리를 두는
것이다. 이런 일들은 이제 내 일이 아니라 후세들의 문제다.
죽음이 두렵지만, 살아오며 사랑하고 또 사랑받았던 내 삶에
감사하는 마음이 더 크다. 무엇보다 나는 이 아름다운
지구에서 지각 있는 존재이며 생각하는 동물이었다.
그것만으로도 큰 은혜였고 모험이었다.

올리버 색스 Oliver Sacks(1933-2015)
영국 런던에서 태어나 옥스퍼드 대학에서 의학을 공
부했다. 인간 뇌의 신비를 탐험한 의학계의 시인이
며, 뉴욕 대학 의과대학원 신경학 교수였다. 이 글은
말기 암에 걸린 것을 알고 죽음을 앞둔 심경을 담담
하게 "My Own Life"라는 제목으로 〈뉴욕타임스〉에
기고한 것이다. 우리나라에서는 《아내를 모자로 착
각한 남자》라는 책으로 유명하다.

죽음도 단지 변화일 뿐

변하기 때문에 괴로움이 생기는 것이 아니라 변하지 않기를
바라는 마음 때문에 괴로움이 생기는 거예요. 변하는 것이
당연하다는 것을 알고 있으면 변하는 것을 봤을 때 괴로움이
생기지 않습니다. (…) 이 세상에서 생성되어 존재하는 모든
것은 반드시 소멸한다는 걸 깨쳐서 집착을 놓아 버리면,
생겨난다고 기뻐할 일도 없고 사라진다고 괴로워할 일도
없어집니다. 그것을 직시하면 두려움도 아쉬움도 없을 텐데,
부분적으로 인식하니까 없어졌다고 생각해서 아쉬움이
생기고, 없어질까 봐 두려움이 생기는 겁니다. 그러나
늙음도 죽음도 단지 변화일 뿐임을 알고 나면, 더 이상
두려워하지 않게 됩니다.

-법륜, 《인생수업》 중에서.

법륜 法輪(1953-)
'정토회'를 설립한 스님. 개인의 삶과 수행이 둘이 아
니라 하나라는 생각에 바탕을 두고 질병, 문맹퇴치,
인권, 평화, 통일, 생태환경 운동을 실천하고 있다.
만해상, 막사이사이상, 민족화해상, 포스코청암상,
통일문화대상을 수상했고, 《날마다 새날》《법륜 스

님의 행복》《야단법석》 등 다수의 저서가 있다. 법륜
스님은 죽음의 본질을 '변화'라고 했다. 존재했다 없
어지며 변하는 것이 '당연'하다고 깨달을 때 비로소
죽음이 두렵지 않게 된다고 말한다.

마지막 날인 것처럼

세 번째 이야기는 죽음에 대해서입니다.

열세 살 때 우연히 "만일 오늘이 마지막 날인 것처럼 살면

언젠가는 그렇게 될 것이다"라는 문구를 읽었습니다.

그것을 읽고 나서 나는

매일 거울 앞에 서서 자신에게 물었습니다.

"오늘이 나의 마지막 날이라면 나는 오늘 무엇을 할

것인가?"

사람은 모두 언젠가는 죽습니다.

죽음 앞에서는 부끄러움과 두려움 등 모든 것이 사라지고

정말 중요한 것만 남습니다.

우리 모두는 죽고 싶지 않습니다.

천국에 가고 싶은 사람들도 천국에 가려고 죽고 싶진

않을 것입니다. 그러나 죽음은

우리의 종착역입니다. 새로운 것을 만들기 위해

옛 것을 버립니다. 당신의 시간은

제한되어 있습니다. 그러니

다른 사람들의 삶을 살기 위해

혹은 다른 사람들의 의견으로 인해

시간을 낭비하지 마세요.

스티브 잡스 Steven Paul Jobs(1955~2011)
미국 출신 기업인으로 리드 대학 철학과를 중퇴했으며 IT 분야의 '혁신 아이콘'이라 불렸다. 애플의 전 CEO이자 공동 창립자이고, 〈포춘〉지 선정 '최고의 CEO'였다. 그는 7년 동안 췌장암으로 투병하다 결국 2011년에 세상을 떠났다. 이 글은 스탠포드 대학 학위수여식에서 졸업생들에게 들려준 축사로, 오늘이 '생의 마지막 날'이라 생각하고 최선을 다하는 삶을 살라는 가르침이다.

영원의 죽음 vs 현재의 죽음

블랑쇼는 두 가지 죽음을 구분한 바 있다. 현재의 죽음이
있고, 영원의 죽음이 있다. 영원의 죽음은 순수
사건으로서의 죽음이다. 그것은 인칭과 관계없이 우주에서
영원히 반복되는 사건이다. 이 죽음은 또한 형이상학적
죽음이다.
(…) 현재의 죽음은 두려움과 슬픔으로 다가온다. 일상을
살아가는 사람에게 죽음은 슬픈 것이다. 특히 자기가
사랑하는 사람의 죽음이 그렇다. 또 자신의 죽음은 항상
두려운 것으로 느껴진다. 이런 죽음은 현상학적 죽음이다.

-이정우, "죽음은 자연으로의 회귀이다",

정동호 외, 《철학, 죽음을 말하다》 중에서.

들뢰즈 Gilles Deleuze(1925-1995)
프랑스에서 태어나 소르본 대학에서 철학을 공부했
다. 대학을 졸업한 후 고등학교 철학 교사를 지냈으
며, 푸코(Michel Foucault)와 함께 학생운동과 연구를
하고 파리 대학 철학과에서 학생들을 가르쳤다. 아파
트에서 투신자살로 삶을 마감했다.

두 개의 문

천국과 지옥으로 가는 갈림길,
그곳에는 두 개의 똑같이 생긴 문이
나란히 서서 우리를 기다린다.

니코스 카잔차키스 Nikos Kazantzakis(1883-1957)
그리스의 시인이며 소설가, 극작가로 여러 나라를 여
행하며 역사상 위인을 주제로 한 비극 작품을 많이
썼다. 대표작으로는《그리스인 조르바》《오디세이
아》등이 있다. 니코스 카잔차키스는 사람이 죽으면
천국과 지옥으로 가는 갈림길을 만나게 되는데, 그곳
에 구별하기 힘든 똑같이 생긴 문이 나란히 서 있어
신중하게 선택해 하나의 문으로 들어가야 한다고 말
한다. 우리의 현재 삶에도 똑같이 생긴 두 개의 문이
나란히 놓여 있지 않을까?

바보의 병으로 죽지 마라

바보의 병으로 죽지 말라. 대개 지혜로운 사람들은
그들이 이성을 상실한 후에 죽는다.
반면에 바보들은 여기저기서 받은 좋은 조언으로 머리가
가득 차 있다. 바보처럼 죽는 것은
지나치게 많은 생각으로 죽는 것을 의미한다.
어떤 사람들은 그들이 생각하고 느끼기 때문에
죽는다. 어떤 사람들은 그들이 생각하고 느끼지 않기 때문에
산다. 후자는 그들이 고통으로 죽지 않기 때문에
바보이고 전자는 그들이 고통으로 죽기 때문에 바보다.
바보는 지나치게 많은 이해력으로 죽은 사람이다.
어떤 사람들은 그들이 분별력이 있기 때문에 죽고,
어떤 사람들은 분별력이 없기 때문에 산다.

-발타자르 그라시안,《세상을 보는 지혜》중에서.

발타자르 그라시안 Balthasar Grasian(1601-1658)
가톨릭 예수회 신부. 스페인을 대표하는 작가로서 유
럽 정신사의 한 축을 이루었다. 대학에서 수사학, 문
학, 철학, 신학을 가르쳤다. 대표작으로는《세상을

보는 지혜》가 있는데, 300개의 문장과 격언으로 구성되어 있다. 그라시안은 지나치게 많은 생각으로 죽는 것은 바보처럼 죽는 것이라고 말한다.

연습해도 면역되진 않아

평소 아무리 '죽음'을 생각한다 해도 죽음에 면역이 되진
않는다. 죽음은 확실히 산 자에게 부담스러운 무엇임이
분명하다. 그럼에도 '죽음 연습'을 함께해 보자고 말하고
싶다. 잘 늙고 잘 죽기, 즉 잘 살기를 고민하는 철학의
여정을 함께하자고 말하고 싶다. 고통으로, 죽음으로 가득
찬 삶 속에서도 살아 있는 한 작은 기쁨을 발견할 기회는
얼마든지 있다는 믿음, 그 믿음을 포기하고 싶지
않아서이다.

–이경신, 《죽음 연습》 중에서.

그리고 벌써 죽음이다

이반 일리치는 고칠 수 없는 병에 걸린다. 자신이 죽어가는 것을 깨닫게 된 그는 한없는 절망에 빠진다. 고통은 더해 가고 죽음은 더욱 가까이 오고 있다. 이반 일리치는 이를 느끼면서 죽음에 대한 두려움과 함께 즐겁고 기쁘게 살고 있는 사람들에게 매우 강한 질투와 분노를 발산한다.

"그래 죽음이란 말이지. 그런데도 저들은 모르고 누구 하나 알려고 하지도 않고 나를 딱하게 여기지도 않는구나. 그저 노는 데만 정신이 팔려 있어. 저들도 다를 게 없지. 언젠간 죽을 거야! 바보들 같으니! 내가 먼저 가고 저들은 나중에 가는 것일 뿐, 누구도 그 길을 피할 수 없을 거야!"

이반 일리치는 죽음이 바짝 다가와 있음을 알고는 자신의 지나온 삶을 차갑게 돌아본다. 그러면서 자신의 삶이 결코 바르지 않았다는 사실을 크게 깨닫고는 다음과 같이 절망의 말을 내뱉는다.

"산을 오르고 있다고 생각하며 걸었지만 사실은 산을 내려가고 있었던 거야. 정말 그랬어. 다들 내가 산을 오르고 있다고 생각했지만, 꼭 그만큼 내 발밑에서는 삶이 멀어져 갔던 거야…. 이제 다 끝나 버렸고, 죽음만 남아 있어.”

-톨스토이,《이반 일리치의 죽음》중에서.

이반 일리치의 죽음

이 소설은 이반 일리치란 한 개인이 성실한 삶을 살다가 죽음에 직면해 진정한 자기를 발견하는 과정을 그렸다. 이반 일리치는 유능한 판사였고, 예의 바르고 친절하고 명랑한 사람으로, 결혼생활 도중 갑자기 가정을 족쇄처럼 느끼기 시작했는데 결국 불치의 병에 걸려 죽음에 이르게 된다. 그는 내내 산을 오른다고 생각하며 살아왔는데 실은 산을 미끄러져 내려가고 있었다고 고백한다.

죽기 전에, 더 늦기 전에

'죽음의 신이 온다는 사실보다 확실한 것은 없고, 죽음의
신이 언제 오는가보다 불확실한 것은 없다'는 독일
격언처럼, 죽음은 말기 암에 걸린 나의 환자에게만 찾아오는
것이 아니다. 건강한 우리에게 내일 당장 찾아올 수도 있다.
죽음은 자신이 찾아가는 사람에 대해 궁금해하지 않는다. 그
사람이 인생에서 얼마나 기막힌 일을 겪었는지, 앞으로 해야
할 일이 얼마나 많은지 아무것도 묻지 않는다. 자비도
연민도 베풀지 않는다. 그래서 우리는 죽기 전에, 더 늦기
전에 우리의 마지막과 접촉해야 한다.

-김여환, 《죽기 전에 더 늦기 전에》중에서.

여름이 끝나 갈 무렵

가을이면
숲은 여름이 스러져 가야 한다는 사실에 맹렬히 저항했다.
인생도 여름날이 끝나 갈 무렵이면
나약해져 결국 죽어가리라.
뼛속까지 파고드는 서늘한 기운,
핏속까지 강렬하게 찾아오는 허전함에 저항하리라.
그리고 새로 단장한 진실한 마음으로
삶의 사소한 유희와 수많은 아름다움,
아기자기한 색채의 소란,
빠르게 지나가는 구름의 그림자에
내 몸을 맡긴 채 미소 지을 것이다.
과거를 끌어안고 불안해하며 죽음을 바라보다가
서서히 그 안에서 두려움과 위안을 퍼 올려
죽어갈 수 있는 예술을 배울 것이다.

−헤르만 헤세

늙는다는 것

늙는다는 것은
이제까지 입어 본 적이 없는
납으로 만든 옷을 입는 것이다.

너희 젊음이
너희 노력으로 얻은 상이 아니듯이
내 늙음도
내 잘못으로 받은 벌이 아니다.

시어도어 로스케 Theodore Roethke(1908-1963)
미국 미시간 대학과 하버드 대학을 졸업하고 워싱턴
대학 교수를 지냈다. 시집 《오픈 하우스》《잃어버린
아들과 그 밖의 시》《각성》《바람의 말》등을 펴냈고
퓰리처상을 받았다. 위 시는 영화 〈은교〉에서 청순한
소녀를 사랑한 노시인이 들려준 대사로 유명하다. 노
력해서 젊음을 얻은 것이 아니듯 늙음 역시 잘못해
받은 벌이 아님을 당당하게 외친다.

비존재(無)에 대한 불안

불안은 임종에 대한 불안과 죽음에 대한 불안으로
구별한다. 임종에 대한 불안은
임종 시의 신체적 고통에 대한 불안이므로
그것은 의학적·약학적 진보에 의해
'고통 없는' 임종이 보장 가능해질 때 제거될 수 있다.
그러나 죽음에 대한 불안은
의학적 또는 약학적 치료에 의해서도 치료 불가능한 불안,
즉 비존재(無)에 대한 불안이다.
죽음에 대한 불안은
의학적·약학적 치료에 의해서도 제거될 수 없으며
자기의 죽음과 관계하는 실존의 자기 확신에 의해서만
극복될 수 있다.

-신옥희, "죽음은 실존의 거울이다",

정동호 외, 《철학, 죽음을 말하다》 중에서.

야스퍼스 Karl Jaspers(1883-1969)
하이데거와 함께 독일 실존철학을 창시했다. 칸트,
니체, 키에르케고르 등의 영향을 받았으며, 현대 문
명에 의해 잃어버린 인간 본래의 모습을 지향했다.

빛은 조금씩 사라진다

이 세상에서 죽음은 더디게 이루어진다.

그래서 빛은 나에게 조금씩 조금씩 사라진다.

땅과 하늘이 차츰차츰 뒤섞인다.

땅이 솟아올라 수증기처럼 퍼져 나가는 것 같다.

첫 별들이 초록빛 물속에 담긴 것처럼 떨린다.

별들이 단단한 다이아몬드로 변하려면

아직도 한참을 기다려야 할 것이다.

유성들의 고요한 놀이에 참가하려면

아직도 한참을 기다려야 할 것이다.

어떤 날은 한밤중에 어찌나 많은 불꽃이 날아가는지

별들 사이로 큰 바람이 부는 것 같았다.

-생텍쥐페리,《인간의 대지》중에서.

생텍쥐페리

Antoine Marie Roger de Saint-Exupery(1900-1944)

프랑스 소설가. 파리예술대학에서 건축학을 공부했
다. 군대에 입대해 비행기 수리를 하다 후에 조종사
가 되었다. 아르헨티나 항공 회사에서 조종사로 일했
으며, 이를 토대로《야간비행》《남방우편기》등 주옥

같은 작품들을 썼다. 1944년 군용기 조종사로 정찰 비행을 나갔다가 행방불명되어 돌아오지 못했다.

엄마의 유언

엄마는 너희들의 웃음과

엄지손가락 빠는 것, 귀 구부리는 것까지 사랑했단다.

특히 엄마를 안아 주는 것이 말할 수 없이 행복했어.

엄마는 강둑을 따라 거니는 걸 좋아했지.

나비와 새 이름 배우는 것을 좋아했고

아이보리 색 장미와 안개꽃을 좋아했단다.

엄마 키 155센티미터, 몸무게는 55킬로그램.

문틀에 엄마 키를 새겨 두고

나를 기억해 주렴.

케이트 그린 Kate Greene
영국인 엄마로 네 살, 여섯 살의 두 아들을 남겨 두고
말기 암으로 서른다섯 살에 세상을 떠났다. 이 글은
A4 용지 세 장에 적힌 유서 중 아이들에게 들려주는
엄마의 마지막 말이다. 아이들 곁을 영원히 떠나야
하는 엄마의 마음이 애달프기 짝이 없다.

늙은이가 통곡하니

지난해엔 네가 자식을 잃더니

올해는 내가 너를 잃으니

부자간의 정이야 네가 먼저 알 것이다.

너는 내가 묻어 주었지만

내가 죽으면 누가 나를 묻어 줄 것이며,

너의 죽음을 내가 슬퍼했지만

내가 죽으면 누가 곡해 줄 것이냐!

늙은이가 통곡하니 청산도 찢어지려 하는구나!

-이승수 편역, 《옥 같은 너를 어이 묻으랴》 중에서.

상진 尙震(1493-1564)

조선 중종 때 문과에 급제해 여러 관직을 거쳐 명종
때 영의정이 되었다. 성품이 너그럽고 청렴결백해 왕
의 두터운 신임을 받았다. 이 시에는 아비보다 먼저
세상을 떠난 자식을 묻으며 애절하게 독백하는 외롭
고도 슬픈 아비의 마음이 담겼다. 슬픔이 얼마나 컸
으면 "청산도 찢어지려 하는구나!"라고 했을까?

우물쭈물 지내다가는

죽는다는 행위를 통해 우리는 인생의 마지막을 훌륭히
닫아야 합니다. 죽음의 드라마에서 주역을 맡은 주인공은
죽음을 향해 떠나는 우리 자신입니다. 따라서 평소에 자신이
맡은 역할을 연구해야 합니다. 그렇지 않으면 다른
무엇인가가 주인공 역할을 빼앗아 갈지도 모릅니다.
우물쭈물 지내다가는 나도 모르는 사이에 의사가 내 죽음의
주인공이 되고, 나는 소도구로 전락하게 될지도 모릅니다.
그런 죽음이 과연 인간다운 죽음일까요.

-소노 아야코·알폰스 데켄,《죽음이 삶에게》중에서.

소노 아야코 浦知壽子(1931-)
일본의 소설가로 성심여대에서 영문학을 전공했다.
소설《멀리서 온 손님》으로 등단했고,《나는 이렇게
나이 들고 싶다》《사람으로부터 편안해지는 법》등
의 작품집이 있다. 소노 아야코는 죽음을 통해 삶을
훌륭히 마감해야 한다고 말한다. 우물쭈물하다가 죽
음의 역할을 다른 사람에게 빼앗기지 말고 자신이 꼭
죽음의 '주인공'이 되어야 한다고 당부한다.

마지막 미소

분명 숨을 거두시고 몸마저 싸늘하게 식어 가고 있었건만,
죽음 직전에 어머님의 얼굴에 번져 갔던 그 따뜻하고 반가운
미소는 어머님의 살아생전 그로록 사모하시던 주님의
얼굴을 뵙고 있음을 보여 주고 있었던 것입니다.
그러니 어머님의 얼굴 어디에서도
이 세상을 떠날 수 없노라 절규하며
억울해하는 이의 표정이 깃들 수 없었습니다.
갈 곳이 준비된 자, 더구나 그 준비된 곳이
정말로 갈 만한 곳, 아름다운 곳임을
어머님의 아름다운 미소는 분명히 말해 주고 있었던
것입니다. 그러고 보면 어머님의 떠나시는 뒷모습은
삶과 죽음이 하나로 연결되어 있음을 알려주는
표징이었습니다.

*

어머님이 떠나시던 뒷모습으로 인해, 아니 어머님이 생전
동행하셨고, 지금도 동행하고 계신 주님으로 인해 이제
나는 죽음이 두렵지 않습니다. 살아 있는 오늘과 떠날
내일이 연결되어 있음을 알기에 나는 오늘도 감사로 하루를
살고, 곧 다가올 내일도 감사하며 떠나게 되길 기도할

뿐입니다. 내가 살아가는 현재의 모습은 내일 떠나갈
나의 뒷모습을 비쳐 주는 거울이란 걸 언제나 기억하면서
말입니다.

-김동길,《나이 듦이 고맙다》중에서.

김동길 金東吉(1928-)
평안남도에서 태어나 연세대학교 영문과를 졸업했
다. 미국 에반스빈 대학에서 역사학을 공부했고 연세
대학교에서 학생들을 가르쳤다. 그의 좌우명은 '생활
은 검소하게 생각은 고상하게'이며, 저서로는《나이
듦이 고맙다》《길은 우리 앞에 있다》《링컨의 일생》
등이 있다. 그는 어머니의 마지막 아름다운 미소를
보며 '준비된 그곳'이 갈 만한 곳임을 확신했다. '죽음
이 더 이상 두렵지 않게 되었다'고 고백한다.

그 순간, 첫 경험이자 마지막 경험인

우리는 언젠가 죽습니다. 그 순간이 이제 다가왔습니다.

(…)

이제 사랑하는 분은 떠나실 준비를 합니다. 수포음이라는
가래가 많은 호흡소리가 들리기도 하고, 몸과 얼굴은 불수의
수축이 일어나기도 합니다.

소변이 나오지 않고, 검은 눈동자가 점점 커집니다.

근육이 이완되고 호흡이 멈추고 심장이 멈추면

모든 것이 끝납니다. 이러한 임종의 단계는

힘들고 고통스러운 것이 아니므로

보호자 분께서는 안심하셔도 됩니다.

임종의 단계에서 임종까지의 시간은 사람마다 다르므로

초조해하시지 마시고, 그 순간을 기다려 주십시오.

산소포화도나 혈압 등의 모니터를 보는 것보다 환자의 손을
잡아드리고, 이제는 영원히 볼 수 없는 얼굴을 보시는 것이
현명합니다.

(…)

자료에 따르면 가장 늦게까지 남아 있는 감각이 청각입니다.

이제 곧 떠나시는 분 앞에서

좋은 말씀만 남기셨으면 합니다.

(…)

누구나 죽음은 한 번만 오는 첫 경험이자, 마지막 경험입니다. 마음과 몸이 힘드시더라도 저희 평온관 식구가 같이 위로하고 끝까지 함께하겠습니다.

—김여환,《죽기 전에 더 늦기 전에》중에서.

대구의료원 평온관 임종실에 게시되어 있는 안내문이다. 사람이 어떻게 죽어가는지 그 단계를 상세히 알려준다. '누구나 죽음은 한 번만 오는 첫 경험이자 마지막 경험입니다'라는 글귀가 크게 가슴에 와 닿는다.

하느님의 실수

원태야, 원태야, 우리 원태야, 내 아들아, 이 세상에 네가
없다니 그게 정말이냐? 하느님도 너무하십니다. 그 아이는
이 세상에 태어난 지 25년 5개월밖에 안됐습니다. 병 한번
치른 적이 없고, 청동기처럼 단단한 다리와 매달리고 싶은
든든한 어깨와 짙은 눈썹과 우뚝한 코와 익살부리는 입을
가진 준수한 청년입니다. 걔는 또 앞으로 할 일이 많은 젊은
의사였습니다. 그 아이를 데려가시다니요. 하느님 당신도
실수를 하는군요. 그럼 하느님도 아니지요.

-박완서, 《한 말씀만 하소서》중에서.

박완서 朴婉緖(1931-2011)
경기도 개풍군에서 태어나 서울대 국문학과에 입학
했으나 한국전쟁으로 학업을 중단했다. 마흔이 되던
해에 〈여성동아〉 장편소설 공모에 〈나목〉이 당선되
어 등단했다. 박완서는 남편을 잃은 지 석 달 만에 외
아들마저 떠나보냈다. '참척'(慘慽)의 슬픔을 겪은 그
는 "하느님, 당신도 실수를 하는군요"라고 원망했다.
이 슬픔을《한 말씀만 하소서》라는 책에 담았다.

슬퍼하거나 두려워하지 마라

죽음의 경험은 출생의 경험과 같다. 죽음은 다른 존재로
새롭게 탄생하는 것이다.

*

죽음 후의 세계에 대한 이해는 믿고 안 믿는 신념의 문제가
아니라 '앎'의 문제다.

*

나는 죽어가는 환자를 곁에서 그들을 지켜볼 수 있는 것이
축복이라고 확신한다. 죽음은 슬퍼하거나 두려워 할 문제가
아니다.

-엘리자베스 퀴블러 로스, 《사후생》 중에서.

엘리자베스 퀴블러 로스
Elizabeth Kubler-Ross(1926-2004)
미국의 정신과 의사로 죽음 분야의 최고 전문가다.
스위스 취리히 대학에서 정신의학을 공부했고, 미국
에서 죽음을 앞둔 환자들의 정신과 의사로 오랫동안
활동했으며, 세계 최초로 호스피스 운동을 일으켰다.

〈타임〉지의 '20세기 100대 사상가' 중 한 명으로 뽑히기도 했다. 어린 시절 아버지 친구가 나무에서 떨어져 죽은 것을 보고 죽음에 대해 생각했고, 제2차 세계대전 후 폴란드 유대인 수용소에서 자원봉사를 하며 수용소 벽에 그려진 그림들을 보고 다시금 죽음에 대해 생각하기 시작했다. 그는 죽음을 다른 존재로 새롭게 환생하는 것이라고 말한다. 그러나 다시는 이번 생을 얻지 못하므로 만나고 싶은 사람이 있으면 지금 만나러 가라고 권한다.

아끼는 것들의 박탈

나의 죽음은 나로부터 내가 아끼는 것들의 박탈을 의미한다.
죽음은 내가 사랑하는 아내, 자식들,
나를 사랑하는 나의 부모, 가족, 나를 가르친 스승,
나를 아끼고 내가 아끼던 친구들과의 영원한 작별을
의미한다.
죽음은 나의 생물학적 생명을 지탱해 준
공기, 물, 땅, 음식들과 영원한 작별을 뜻한다.
죽음은 나의 가슴을 그렇게 싱그럽게 채워주던
신록의 산 풍경,
끝없이 펼쳐진 바다 풍경,
한없이 높은 곳에서 반짝이는 수많은 별들로 덮인 밤하늘
풍경을
나로부터 영원히 박탈해 간다.

-박이문, 《죽음 앞의 삶, 삶 속의 인간》 중에서.

면도용 크림 절반만 남기고

찬장 속에는 과연 질레트 레몬 라임향 면도용 크림과
쉬크 면도기가 들어 있었다. 면도용 크림은 절반 정도
남아 있었고, 뚜껑 부근에 하얀 거품이
바싹 말라붙어 있었다. 죽음이란 그렇게
면도용 크림 절반 정도를 남기고 가는 것이다.

－무라카미 하루키,《세계의 끝과 하드보일드 원더랜드》중에서.

무라카미 하루키 村上春樹(1949-)
일본의 현대 소설가로 와세다 대학 연극과를 졸업했
다. 일본에서 많은 문학상을 받았으며 장·단편 소설,
번역물, 수필, 평론, 여행기 등 다양한 집필 활동을
하고 있다. 우리나라에서 유독 사랑받는 작가 중 한
명이다. 하루키는 자신의 소설《세계의 끝과 하드보
일드 원더랜드》에서 죽음을 "면도용 크림 절반 정도
를 남기고 가는 것"이라고 멋지게 표현했다.

사랑과 우정을 지켜 나가리

우리는 온갖 고통과 질병을 겪었고,
사랑하는 이들의 죽음도 목격했다. 저 밖에서
죽음이 문 두드리는 소리만 들은 게 아니라
그것이 이미 우리 몸 안에서 활동하기 시작했고,
계속해 진전하고 있다는 사실을 안다.
전에는 그토록 당연해 보이던 인생이
이제 너무도 소중한 것이 되었다.
모든 것이 사라질 위험에 처했으며,
당연히 내 것으로 여겼던 것이
불분명하고도 불변하는 것을
빌려온 것으로 드러났다.

그러나 돌려줘야 할 날을 알지 못하고
빌려 온 것이지만
그 가치는 여전히 생생하고,
위태로움은 그것을 더욱 고귀한 것으로 만들었다.
우리는 이전과 마찬가지로 삶을 사랑하고,
거기에 충직하게 머물며
좋은 해에 빚은 포도주의 맛이
세월이 지나며 오히려 더욱 좋아지는 것처럼

우리의 사랑과 우정을 지켜 나가리.

–헤르만 헤세

죽음에 대한 헤세의 성찰은 젊음에 집착하지 않으면서도 삶을 사랑하며 충실하게 이뤄 가도록 우리를 일깨운다.

가난하고 늙어빠진 몸

내 목소리는

뼈와 가죽포대에 갇힌 꿀벌과도 같다.

치아는 피아노의 건반처럼 삐걱거리고…

얼굴은 허수아비…

귀속 앵앵거림은 그치지 않는다.

한쪽 귀에서는 거미가 줄을 치고

다른 귀에서는 밤새 귀뚜라미가 노래한다.

상처는 욱신거리며 잠을 방해한다.

이 모든 것이 내게 영광을 가져다준 예술의 선물이리니,

내 가난하고 늙어빠진 몸은 지칠 대로 지쳤다.

나는 어서 죽음이 나를 구원하러 오기를 기다릴 뿐…

피로가 나를 갈기갈기 찢어 놓는다.

이제 내게 주어진 안식처는 죽음뿐이다.

미켈란젤로 Michelangelo Buanarroti(1475-1564)
이탈리아의 화가, 조각가, 건축가, 시인. 레오나르도
다빈치(Leonardo da Vinci), 라파엘로(Raffaello Sanzio)
와 함께 르네상스 예술을 대표하는 거장이다. 조각에
서는 〈다비드〉와 〈피에타〉, 회화에서는 〈시스티나 예
배당의 천장화〉와 〈최후의 심판〉 등의 대작을 남겼

다. 건축가로서 산 피에트로 대성당의 설계를 맡기도
했다. 악성열병과 담석, 통풍 등 갖가지 병으로 인해
괴로운 자신의 상태를 묘사한 이 시를 통해 화려했던
예술가의 쓸쓸한 노년의 모습을 알 수 있다.

나귀 타고 오가던 길인데

아아,

숭겸아 너는 지금 어디로 가려느냐?

성문을 나서 동쪽으로 30리를 가면

중냉포와 망우령과 왕숙탄과 북두천이 차례로 나오는데

이곳은 네가 일찍이 나귀를 타고 오가던 곳인데,

지금 어찌하여 관에 누워

이 길을 가려는 것이냐?

−이승수 편역,《옥 같은 너를 어이 묻으랴》중에서.

김창협 金昌協(1651−1708)

조선 후기 학자로 영의정을 지낸 김창집의 아우이며
대제학, 예조판서를 지냈다. 100일 사이에 연이어 딸
과 아들을 잃었고, 하나 남은 딸마저 다 죽게 된 상태
에서 쓴 처절한 글이다. 자식 잃은 아비의 슬픔이 가
슴을 파고든다.

하관

관이 내렸다.
깊은 가슴 안에 밧줄로 달아 내리듯.
주여,
용납하옵소서.
머리맡에 성경을 얹어 주고
나는 옷자락에 흙을 받아
좌르르 하직했다.

그 후로
그를 꿈에서 만났다.
턱이 긴 얼굴이 나를 돌아보고
형님!
불렀다.
오오냐 나는 전신으로 대답했다.
그래도 그는 못 들었으리라.
이제
네 음성을
나만 듣는 여기는 눈과 비가 오는 세상.

박목월 朴木月(1915-1978)

경주 출신 시인이자 수필가. 조지훈, 박두진과 함께
시집《청록집》(青鹿集)을 발행하고 청록파로 활동했
다. 한양대 국문학과 교수를 지냈으며, 시 전문지《심
상》(心象)의 발행인이기도 했다. 시집으로는《경상도
가랑잎》《산새알 물새알》등이 있다. 죽은 사람을 땅
에 묻는 '하관'이 이 세상과 영영 이별이라는 마지막
의식임을 떠올리니 가슴이 아리다. 자신을 무척 따
르던 아우의 장례를 치르는 형의 모습이 한없이 슬프
다.

3부

가장 아름다운 축제

.. 죽음과 친해지다

이 슬픔을 맛보게 하리라

월하노인을 통해 명부에 하소연해서
내세에는 부부의 입장을 바꿔 달라고 하리다.
나는 죽고 당신은 천 리 밖에 살아남아
당신으로 하여금 이 슬픔을 맛보게 하리라.

聊將月老訴冥府
來世夫妻易地爲
我死君生千里外
使君知有此心悲

-이승수 편역,《옥 같은 너를 어이 묻으랴》중에서.

김정희 金正喜(1786-1856)
호는 추사(秋史)·완당(阮堂), 시(詩)·서(書)·화(畵)에
능했다. 조선 고유의 문화를 꽃피운 진경시대를 열
어젖힌 위대한 예술가이며 새로운 학문인 실학을 정
치·경제·사회·문화 전반에 접목시키려고 노력한 학
자다. 이 시는 제주도 유배 시절 아내의 죽음을 슬퍼
하며 지은 것으로, 아내가 아플 때 약 한 사발 건네지
못하고 생사의 이별에도 한 마디 말조차 나누지 못했
으며 제사를 지낼 때에도 술 한 잔 권하지 못한 애절
한 슬픔을 담았다.

사랑하는 딸에게

이 못난 엄마는 우리 예강이 없이 단 하루도 못 살 것
같았는데 벌써 1년이 다 되어 가도록 이렇게 하루하루를
버티며 살아가고 있네. 아직 믿을 수가 없고
받아들이지도 못한 채 엄마 머릿속은 너무나
혼란스럽기만 하단다. 병원에 가자마자 나을 줄 알았는데
그게 너의 죽음으로 가는 길이었다니.
이 못난 엄마는 너와 함께했던 평범한 일상들이
행복이었다는 걸 왜 몰랐을까?
다시 그 시간으로 되돌아갈 수만 있다면, 제발 지금
꿈을 꾸고 있는 것이라면 얼마나 좋을까?
엄마로서 끝까지 지켜 주지 못했다는 죄책감과
미안함이 늘 마음을 짓눌러 이곳에서 숨 쉬는 게
고통스럽기만 하단다.
(…)
10년 동안 우리 가족에게 사랑과 행복만 주고 떠난 천사딸
예강아, 넌 엄마의 최고의 딸이었단다.
짧은 시간이었지만 자랑스런 예강이의 엄마로
살게 해 줘서 너무 고마워. 우리 예강이가 좋은 곳에서
행복하게 잘 지내고 있으리라 엄마는 믿고 있단다.
이곳에서 엄마 할 일이 다 끝나면 엄마는

우리 딸 만나러 갈 거야. 그때 엄마 마중 나와 줄 거지?

그때 우리 다시 만나면 우리 예강이 두 손 꼭 붙잡고

절대로 놓치지 않을 거야.

–박예슬 외, 《해피엔딩》 중에서.

아홉 살 된 소녀가 한밤중에 코피가 터졌다. 코피는 멈추지 않고 계속 흘러나왔다. 부모는 딸을 집 근처 병원 응급실로 데리고 갔다. 그곳에서 의료진이 여러 가지 검사를 했는데, 그 과정에서 소녀는 그만 목숨을 잃었다. 너무도 어처구니없는 죽음이었다. 딸을 잃은 엄마가 딸에게 보내는 눈물의 편지다.

혓바닥으로 그 꿀을

한 나그네가 길을 가다 맹수의 습격을 받았다. 나그네는
우물 속으로 뛰어들었다. 그런데 우물 밑을 내려다보니
독사가 입을 벌리고 먹이를 기다리고 있었다. 우물 밖으로
나가면 맹수에게 목숨을 잃을 테고, 우물 밑으로 내려가면
독사에게 물릴 것이다. 이러지도 저러지도 못하는
진퇴양난의 상황이다. 그나마 우물 중간쯤 틈바구니에
나무줄기가 뻗어 있어 거기에 매달려 겨우 몸을 지탱할 수
있었다. 그러나 곧 손의 힘이 빠지기 시작했다. '이젠
죽는구나' 생각하고 있는데 어디선가 검은쥐와 흰쥐가
나타났다. 그 쥐들은 나그네가 매달린 나무줄기를 갉아먹기
시작했다. 나무줄기는 곧 부러질 것 같다. 이제 나그네는
혀를 날름거리며 기다리는 독사에게 떨어질 것이 틀림없다.
그런데 그때 나그네는 나무 잎사귀에 꿀이 묻어 있는 것을
발견했다. 나그네는 정신없이 혀로 그 꿀을 핥아먹기
시작했다. 그후 나그네는 어떻게 되었을까?

–톨스토이,《참회록》중에서.

러시아를 대표하는 세계적 문호. 톨스토이는 만년에 가정적으로 많은 괴로움을 겪었다. 딸과 함께 나선 여행길에서 병을 얻어 아스타포보(현 톨스토이 역)의 역장 관사에서 숨을 거두었다. 이 이야기에 등장하는 흰쥐와 검은쥐는 인간을 끊임없이 죽음으로 몰고 가는 낮과 밤이며, 꿀은 현재 생활에서 느끼는 각종 쾌락을 뜻하고, 맹수와 독사는 죽음을 상징한다. 결국 인간은 한평생 이런 저런 쾌락을 탐하다가 늙어 죽고 만다는 사실을 분명하게 깨우쳐 주는 이야기다.

기대하지 않았던 시간

매일 매일을 마지막 날로 생각해 보라.
너의 날이 기대하지 않았던 시간으로
충만해지리니.

-호라티우스

죽음을 생각하지 않고 살아가는 사람들에게 오늘이
마지막 날이 될 수 있음을 일깨워 준다.

죽음에 대해 단단해지기

죽음이라는 적에게 당당히 맞서 싸우는 법을 배우라.

죽음의 신비한 면을 없애 버리고,

자주 사귀어 익숙해지고,

무엇보다 종종 죽음을 기억하라.

매 순간 죽음을 생각하라.

죽음의 온갖 모습을 마음속에 그리라.

말이 길을 벗어나도,

기왓장이 떨어져도,

몸에 살짝 상처가 생겨도,

'만일 이것으로 죽게 된다면?' 하고 되새기며

죽음에 대해 단단해지자.

자신을 강하게 단련하자.

—몽테뉴, 《수상록》 중에서.

몽테뉴는 죽음을 '아름다운 질서'라고 했다. 죽음을 피하는 것은 자기 자신을 피하는 것이므로 죽음에 순응하라고, 죽음에 대해 단단해지라고 말한다.

새로운 감각

죽음은 나의 존재와

내가 소중하게 생각하는 모든 것을 앗아가는 재앙이 아니라

오히려 우리로 하여금 우리 자신을 비롯한

모든 존재자들의 고유한 존재를 환히 드러내주면서

그것들에 대한 우리의 새로운 감각을 일깨우는 계기가 된다.

−박찬국, "죽음은 인간 개개인의 가장 고유한 가능성이다",

정동호 외, 《철학, 죽음을 말하다》 중에서.

내가 살아 있는 동안은

내가 살아 있는 동안

나는 아직 죽지 않았고

내가 죽은 후

나는 이미 존재하지 않는다.

에피쿠로스 Epikurus(기원전 341-270)
고대 그리스의 철학자. 아테네에 정원 학교를 세웠
고, 주로 삶의 문제를 사색의 대상으로 삼았다. 에피
쿠로스는 심신의 안정 상태를 '아타락시아'(ataraxia)
라고 했는데, 이는 '쾌락'이라는 뜻이다. 그가 말하는
쾌락은 철학적 의미의 쾌락이지 감각적 쾌락과는 거
리가 멀다. 에피쿠로스는 살아 있을 때 충실하게 살
라고 말한다. 그러면서 죽은 다음의 세계를 애써 외
면하려 했다.

영혼의 죽음

모든 사람이 육신의 죽음을 무서워하지만 영혼의 죽음을
무서워하는 이는 매우 드물다. 육신의 죽음은 언젠가 분명히
찾아온다. 그런데도 대부분 죽음이 다가오는 것을 거부한다.

죽을 운명에 처한 인간이 죽어 가는 것을 막으려 하고,
영원히 살려 애쓰며, 죄 짓는 것을 그치려 하지 않고, 죽는
것을 피하려고만 할 때, 그는 아무 목적도 없는 일을 하고
있는 셈이다. 그것은 죽음을 피하는 것이 아니라 잠시
죽음을 연장하는 것이다. 그러나 그가 죄 짓는 것을
삼간다면 그의 고통은 멈추고 영원히 살 것이다.

피할 수 없는 죽음을 피하려 애쓰기보다 피할 수 있는 죄를
피하기 위해 노력하라.
그러면 그는 영원히 살 것이다.

아우렐리우스 아우구스티누스
Aurelius Augustinus(354~430)
북아프리카 태생의 가톨릭 성인으로 초기 그리스도
교 교회가 낳은 위대한 사상가다. 그는 카르타고 대

학의 수사학 교수로 있으며 마니교에 빠져 방탕한 생활을 했는데, 독실한 가톨릭 신자였던 어머니 모니카가의 끊임없는 기도로 결국 개종한다. 그는 후에 북아프리카 히포의 주교가 되었고, 《고백록》《삼위일체론》《신국론》 등 불멸의 저서를 남겼다. 아우구스티누스는 육신의 죽음을 피하려 하지 말고 죄를 피하라고 가르친다.

어린왕자가 사는 별나라

육신을 버린 후에는 훨훨 날아서 가고 싶은 곳이 있다.
'어린 왕자'가 사는 별나라 같은 곳이다.
의자의 위치만 옮겨 놓으면
하루에도 해지는 광경을 몇 번이고 볼 수 있다는
아주 조그만 그런 별나라.
가장 중요한 것은 마음으로 보아야 한다는 것을 안 왕자는
지금쯤 장미와 사이좋게 지내고 있을까.
그런 나라에는 귀찮은 입국사증 같은 것도 필요 없을
것이므로
한번 가 보고 싶다.

-법정,《무소유》중에서.

죽음의 평화

어떤 경우에도 웃으며 죽는다고 하는 중국인은 어쩌면
세계에서 가장 건강한 사람들이라는 생각이 든다. 괴테가
말한 것처럼 낭만주의는 모든 병적인 것의 이름이고,
고전주의는 모든 건강한 것의 이름이라면 죽음의 공포는
낭만적이요, 죽음의 평화는 고전주의라 할 수 있겠다.
죽음의 평화를 느낄 수 있어야 비로소 생의 리얼리즘에
이르렀다 할 수 있을 것이다.

-미끼 기요시, 《인생론 노트》 중에서.

가장 좋은 준비

죽음에 대한 좋은 준비는

주님이 우리를 한없는 사랑으로 사랑하셨음을 상기하면서

우리도 서로 사랑하는 것이다.

특히 가난한 이, 병든 이, 고통 속에 갇힌 이 등을

형제적 사랑으로 사랑하며 사는 것이다.

결국 하느님의 사랑을 믿고 그리스도를 본받아 이웃을

사랑하는 것이

가장 좋은 죽음(善生福終)의 준비이다.

-김수환, 《김수환 추기경의 신앙과 사랑》 중에서.

괴물도 공포도 아니다

생이 곧 죽음이며 죽음이 다시 생인 원리로 보았을 때
죽음은 재생의 삶으로 이어지는 기회를 주는 과정이다.
하지만 이런 과정을 명료하게 인식하고 살아가는 사람은
그리 많지 않다. 오직 현재의 삶에만 매몰되어 살다 보니
어느새 늙고, 병들고, 죽는 미래를 맞게 되는 것이다. 죽음이
무엇인지도 모르고 죽어야 하는 현실과 마주하게 되면
말로는 다 할 수 없는 고통과 괴로움, 두려움과 불안에
휩싸이게 되는 것이다. (…) 죽음은 무시무시한 괴물도
공포도 아니라 그것은 우주 질서의 이치며 만물의
원칙이므로 하나의 자연적 현상으로 받아들이면 되는
것이다.

−능행, 《숨》 중에서.

능행 스님
20년간 2천여 명의 죽음을 배웅했다. 1990년대 중반
부터 전국을 돌며 행려병동 환자와 죽음을 앞둔 사람
들을 돌보았다. 천주교 호스피스 시설에서 한 스님을
만난 것이 계기가 되어 불교계 최초로 호스피스 전문
병원을 건립했고, 현재 경북 울산 정토마을 자재요양

병원 원장이다. 스님은 죽음이 무시무시한 괴물도 공포도 아니므로 '자연적 현상'으로 받아들여야 한다고 말한다.

사람들은 울음을 터뜨리지만

애야,

네가 태어났을 때
너는 울음을 터뜨렸지만
사람들은 기뻐했다.

네가 죽을 때에는
사람들은 울음을 터뜨리지만,
너는 기뻐할 수 있도록 살아야 한다.

－로빈 S. 샤르마, 《내가 죽을 때 누가 울어줄까》 중에서.

로빈 S. 샤르마 Robin S. Sharma
미국에서 법률학을 전공하고 소송전문 변호사로 일
했다. 현재 정신훈련 전문가로 활동하며 리더십과 잠
재력 개발 전문 훈련 기관(샤르마리더십인터내셔널)을
설립해 운영하고 있다.

어둠을 재다

어제 나는 하늘을 재었는데,
오늘은 어둠을 재고 있다.

뜻을 하늘로 뻗쳤건만,
나의 육신은 땅에 남았구나.

독일의 천문학자. 소년 시절 개신교 신학교에서 성직자 교육을 받았는데 그곳에서 수학 공부의 즐거움을 알았다. 튀빙겐 대학에서 신학을 배웠고, 이때 지동설을 처음 알게 되었다. 그라츠 대학에서 수학 및 천문학을 가르쳤고, 그후 황실 수학자가 되었다. 화성에 관한 관측 기록을 기초로 화성이 태양을 중심으로 타원운동을 하고 있음을 알아냈다. 또 혹성의 운동에 관한 케플러의 법칙을 발견해 근대 과학의 발전을 이끌었다. 케플러는 슐레지엔 지방의 한 마을인 사간에서 생의 마지막 나날을 보냈는데, 이 글은 그가 지은 비문(碑文)이다.

십자가 하나 세워 두고

카르토우젠스 수도회에서는 수도자 한 사람이 죽으면
외투에 붙어 있던 두건을 머리 위에 씌우고 수도복은
널빤지에 못질하여 고정시킨 다음 시체를 관에 들이지 않고
곧장 무덤에 내려놓는다. 장례가 끝나면 수도자들은 수도원
식당에 모여 약간의 식사를 하면서 형제들 가운데 하나가
목적지에 도달했음을 축하한다.

*

시토회 수도회에서는 병든 수도자에게 죽음이 가까이
왔으면 종을 울려 모든 사람들을 병실에 모이게 한다.
그리고 소리 내어 사도신경을 외운다. 시체 옆에는 촛불을
밝혀 시체가 홀로 남지 않도록 한다. 수도자의 발을
동쪽으로 향하게 하여 무덤에 들인다. 그런 다음 삼십일
동안 죽은 이를 기억하는 시간을 갖는다. 수도원의 식당에서
그가 있던 자리에 십자가를 하나 세워 두고, 점심식사와
저녁식사를 가져다 놓는다.

-페터 제발트, 《수도원의 가르침》 중에서.

독일의 저널리스트. 시사 주간지 〈슈피겔〉과 〈슈테른〉, 일간지 〈쥐트도이체 차이퉁〉에서 일하며 주기적으로 반가톨릭 정서의 심층 기사를 써서 이름을 날렸다. 후에 베네딕토 16세 교황이 된 라칭거(Josef Ratzinger) 추기경을 비판할 목적으로 청한 대담이 성사되어 그 내용을 바탕으로 《이 땅의 소금》을 출간해 종교계의 큰 호응을 얻었고, 이 과정에서 가톨릭교회로 돌아왔다. 페터 제발트는 수도자들의 죽음이 어떻게 정리되고 기억되는지 간단명료하게 알려준다.

육체의 족쇄에서 풀려나다

죽음은 철학을 통해 미리 연습하고 준비해야 할 사건이자, 준비 유무에 따라 전혀 다른 결과를 가져오는 새로운 시작의 사건이다.

 *

철학적 수련을 통해 훈련된 죽음은 준비 없이 겪는 죽음과 다르다.

*

철학자의 삶은 죽음을 목적으로 삼는 삶이다. 오로지 죽음으로써만 영혼은 육체의 족쇄에서 풀려날 수 있기 때문이다. 철학자는 그런 죽음, 육체로부터 영혼의 해방을 준비하는 삶을 산다. 그 삶은 육체의 더러움에서 영혼을 씻어 내는 정화의 삶이다.

－조대호, "죽음은 육체로부터 영혼의 해방이다",

정동호 외, 《철학, 죽음을 말하다》 중에서.

플라톤 Platon(기원전 428-347)

고대 그리스의 대표 철학자. 소크라테스의 제자이자 아리스토텔레스의 스승으로 알려져 있다. 정치적 야망과 꿈이 있었지만 현실 정치의 벽에 막혀 그 꿈을 이루지 못했다. 스승 소크라테스의 죽음은 플라톤의 삶을 결정적으로 바꾸는 계기가 되었다. 그는 아카데메이아를 설립해 수많은 젊은이들을 가르쳤다. 또 수십 편에 달하는 대화록을 남겼는데, 그 안에 담긴 이데아론과 국가론 등은 고대 서양철학의 최고봉으로 평가받는다. 플라톤은 죽음을 "새로운 시작의 사건"이라고 하며 죽음으로써 인간의 영혼은 더러운 육체의 족쇄에서 풀려날 수 있다고 했다.

내 심장의 고동이 희미해져도

젊음을 보전하는 일과 선을 행하는 건 쉽다.
일체의 비열한 일과 거리를 유지하는 것도
어쩌면 쉬운 일이다.
그러나 심장의 고동이 희미해져도
여전히 미소를 잃지 않는 것,
그것은 배우지 않으면 이룰 수 없다.

-헤르만 헤세

젊기는 쉽다

젊기는 쉽다.
모두 젊다. 처음엔

늙기는 쉽지 않다.
시간이 걸린다.

젊음은 주어진다.
늙음은 이루어진다.

늙어 가기 위해서는
시간에 마법을 부려야 한다.

메이 스웬슨 May Swenson(1913-1989)
미국 극작가로 20세기에 가장 주목받는 시인이기도
했다. 그는 "늙어 가기 위해서는 시간에 마법을 부려
야 한다"며 "늙기는 쉽지 않다"고 말한다. 그래서 '젊
음은 주어지며 늙음은 이루어진다'고 단언한다.

또 그 장난질이구나

한 뛰어난 스님이 있었다.

그는 '물구 참선', 그러니까 광대이듯이 물구를 선 참선으로

그의 죽음을 맞았다.

열반하고 며칠이 지나도 시신은 거꾸로 곤두서 있기만 했다.

밀어도 넘어뜨려도 까딱도 하지 않고는

송곳처럼 꼬장꼬장했다.

소문을 듣고는 누이가 달려왔다.

"너, 또 그 장난질이구나."

누이가 살짝 밀쳤다.

그제야 송장은 바로 누웠다.

-김열규,《메멘토 모리, 죽음을 기억하라》중에서.

뻣뻣하게 굳어 있는 죽음을 해학적으로 부드럽게 풀
어냈다. 슬픈 죽음을 저렇게 거리를 두고 담담하게
볼 수 있는 용기와 지혜가 부럽다. 그 용기와 지혜는
죽음에 대해 오랫동안 쌓아 올린 공력(功力) 때문일
것이다.

소망의 근거

늘는다는 건 낙심할 이유가 아닌 소망의 근거이고,

조금씩 퇴락해 가는 것이 아니라 차츰 성숙하는 과정이다.

이 악물고 감수해야 할 운명이 아니라

두 팔 활짝 벌려 맞아들일 기회다.

헨리 나우웬 Henri J. M. Nouwen(1932-1996)
네덜란드 출신 가톨릭 신부로 자신의 아픔과 상처,
불안과 염려, 기쁨과 우정을 있는 그대로 드러냄으로
써 많은 사람들에게 위로와 감동을 주었다. 40여 권
이 넘는 책을 저술하면서도 노트르담 대학과 예일 대
학, 하버드 대학에서 학생들을 가르쳤다. 지체장애
인들의 공동체인 데이브레이크(Day Break)에서 봉사
활동을 하다 심장마비로 세상을 떠났다. 그는 늙음을
퇴락이 아닌 성숙해 가는 과정으로 인식했다.

어쩌면 죽는 게 무서워서

사람의 운명 중 죽음처럼 확실하고 평등하게 예약된
미래는 없습니다. 다만 사람마다 그 미래의 시점이 탄생 후
얼만큼 길고 짧으냐 하는 차이가 있을 뿐인데, 그 차이는
철저하게 불평등합니다. 인간의 욕망 중 오래 살려는
욕망처럼 집요한 것도 없고 '나도 설마 죽을까?' 싶은,
자기는 마치 안 죽을 것 같은 환상을 누구나 조금씩은 갖고
있습니다. '오늘 죽을 줄 모르고 내일 살 줄만 안다'는
우리의 속담은 인간의 이런 어리석음을
잘 표현해 주고 있습니다.

＊

살 만큼 살았고, 또 죽을 때 매달릴 수 있는 유일한 분까지
정해 놓고 있건만 죽을 일을 생각하면 역시 무섭습니다.
삶이 기쁘고 보람 있어서 살고 있는 게 아니라 죽는 게
무서워서 살고 있을 뿐이라는 생각이 들 적도 있습니다.

－박완서,《빈방》중에서.

영원히 사라지다

평화로운 죽음을 맞이하는 사람의 모습은 마치 별이
스러지는 모습을 연상시킨다. 광활한 하늘에서 반짝이던
수백 만 개의 별 중 하나가 짧은 순간, 끝없는 어둠 속으로
영원히 사라져 버린다.

-엘리자베스 퀴블러 로스,《죽음과 죽어감》중에서.

현실을 인식하는 힘

마지막 순간을 진정으로 제어할 수 있는 사람은 아무도
없다. 우리 삶을 지배하는 것은 결국 물리학과 생물학,
그리고 우연일 뿐이다. 그러나 중요한 점은 우리 역시
속수무책으로 당하고만 있지는 않아도 된다는 사실이다.
용기란 이 두 가지 현실을 모두 인식할 수 있는 힘이다.
우리에게는 행동할 여지가 있고, 자신만의 이야기를 만들어
나갈 가능성이 있다.

-아툴 가완디,《어떻게 죽을 것인가》중에서.

그리고 또 다시 사는 것

정말로 중요한 건 이것이다. 우리는 죽는다. 때문에 잘 살아야 한다. 죽음을 제대로 인식한다면 인생을 어떻게 살아야 하는지에 대한 행복한 고민을 할 수 있다. 이제 이 책을 덮고 나거든 부디 삶과 죽음에 관한 다양한 사실들에 대해 여러분 스스로 생각해 보기 바란다. 나아가 두려움과 환상에서 벗어나 죽음과 직접 대면하기를 바란다. 그리고 또 다시 사는 것이다.

-셸리 케이건, 《죽음이란 무엇인가》 중에서.

셸리 케이건 Shelly Kagan
미국 예일 대학 철학 교수. 프린스턴 대학에서 철학 박사 학위를 받았다. 1995년부터 프린스턴 대학에서 진행한 교양 철학 강좌 'Death'를 새롭게 구성해 쓴 책이 바로 DEATH(《죽음이란 무엇인가》)다. 강의할 때면 늘 책상 위에 올라가 앉아 수업을 한다고 해서 '책상 교수님'이라는 애칭이 붙었다. 하버드 대학 마이클 샌델(Michael Sandel) 교수와 함께 미국을 대표하는 현대 철학가 중 한 명이다.

죽음은 가장 큰 친구

인간은 살아 있는 것들 가운데 다가올 자신의 죽음을
자각하는 유일한 종입니다. 그런 이유로, 그리고 오직 그
이유만으로, 나는 인간에 대해 깊은 존경심을 느낍니다.
그리고 지금보다 인류의 미래가 더 나아질 것이라고
믿습니다. 살아갈 날이 정해져 있고, 가장 예상치 못할 때
생을 끝마쳐야 한다는 것을 잘 알고 있으면서도 인간은
자신의 삶을 불멸의 존재에 걸맞은 투쟁으로 만들기
때문이죠.

인간은 가장 확실한 사실인 자신의 죽음을 부인하려고 하죠.
바로 그 죽음이 삶에서 가장 가치 있는 것들을 실현하도록
동기를 부여해 준다는 걸 깨닫지 못하고 말입니다. 인간은
어둠으로 들어가는 것을 두려워하며, 미지의 것에 대해
공포를 느낍니다. 그래서 그 두려움을 극복하는 유일한
방법으로 앞으로 살아갈 날들이 제한되어 있음을
잊어버리는 거죠. 죽음을 의식함으로써, 죽음은 피할 수
없는 것임을 깨닫는 순간부터 아무것도 잃을 게 없기에 더욱
용감해지고 더 멀리까지 정복해 나갈 수 있게 된다는 것을
이해하지 못하는 거죠.

죽음은 우리의 가장 큰 친구입니다. 우리의 삶에 의미를
부여하는 것이 바로 죽음이기 때문이니까요.

-파울로 코엘료, 《순례자》 중에서.

파울로 코엘료 Paulo Coelho(1947-)
브라질 리우데자네이루 출신 소설가. 《연금술사》
《순례자》 등의 작품으로 세계적인 작가가 되었다. 특
히 《연금술사》로 '한 권의 책이 가장 많은 언어로 번
역된 작가'가 되어 기네스북에 올랐다. 코엘료는 모
든 것을 내려놓고 산티아고 데 콤포스텔라로 순례를
떠났고, 이때의 경험이 코엘료의 삶에 결정적인 영향
을 주었다. 이 글은 《순례자》에 실린 것으로, 순례길
에 동행했던 페트루스가 코엘료에게 들려준 말이다.

삶은 그처럼 소중했다

내가 숲속으로 들어간 것은 인생을 의도적으로 살아 보기
위해서였다. 다시 말해서 인생의 본질적인 사실들만을
직면해 보려는 것이었으며, 인생이 가르치는 바를 내가 배울
수 있는지 알아보고자 했던 것이며, 그리하여 마침내 죽음을
맞이했을 때 내가 헛된 삶을 살았구나 하고 깨닫는 일이
없도록 하기 위해서였다.
나는 삶이 아닌 것은 살지 않으려고 했으니, 삶은 그처럼
소중한 것이다. 그리고 정말 불가피하게 되지 않는 한
체념의 철학을 따르기는 원치 않았다.
나는 인생을 깊게 살기를, 인생의 모든 골수를 빼먹기를
원했으며, 강인하고 스파르타인(人)처럼 살아, 삶이 아닌
것은 모두 때려 엎기를 원했다.

–헨리 데이빗 소로우, 《월든》 중에서.

헨리 데이빗 소로우
Henry David Thoreau(1817-1862)
미국의 작가로 19세기의 가장 중요한 책 가운데 하
나인 《월든》을 썼다. 미국 콩코드에서 태어나 하버

드 대학을 졸업했으며, 월든 호숫가의 숲 속에 들어가 통나무집을 짓고 밭을 일궈 자급자족하며 2년여 동안 살았다. 《월든》은 이러한 숲 생활에 대한 생생하면서도 성실한 기록이다. 소로우는 시인 에머슨(Ralph Waldo Emerson)과 월트 휘트먼(Walt Whitman)에게 깊은 영향을 받았다. 소로우는 혹한의 겨울날 숲에 들어가 나무 그루터기의 나이테를 세다가 독감에 걸렸는데, 폐결핵으로 악화되어 결국 콩코드에서 세상을 떠났다. 임종을 지켜본 이들 중 한 명은 "그처럼 행복한 죽음을 본 적이 없다"고 말했다. 소로우가 월든 숲으로 들어간 것은 죽음을 맞이했을 때 '헛된 삶을 살았구나'라고 후회하지 않기 위해서였다.

문을 두드리는 날

죽음이 그대의 문을 두드리는 날,

그대는 무엇을 죽음에게 바칠 것인가?

오, 나는 내 생명이 가득 담긴 그릇을

나의 손님 앞에 내놓을 것입니다.

나는 결코 그를 빈손으로

돌아가게 하지 않을 것입니다.

내 모든 가을 낮과 여름 밤의 감미로운 포도주를,

분주했던 내 삶이 얻은 모든 소득과 수확을

그의 앞에 바칠 것입니다.

죽음이 나의 문을 두드리는

내 생명의 마지막 날이 오면.

-타고르,《기탄잘리》중에서.

타고르 Rabindranath Tagore(1861~1941)
인도의 시인이자 사상가. 아시아 최초의 노벨문학상
수상자로 인도의 정신을 세계에 알렸다. 8세에 시를
쓰기 시작했으며 16세에는 첫 시집을 냈다. 그는 인
생의 대부분을 자연에서 보내며 시, 소설, 희곡, 철
학, 음악, 미술 분야에서 깊은 정신세계를 표현했다.

우리나라를 "그 등불 다시 한 번 켜지는 날에 너는 동방의 밝은 빛이 되리라" 칭송한 시 〈동방의 등불〉로 우리에게는 잘 알려져 있다. 그는 죽음이 문을 두드리면 외면하지 않고 자신의 생명이 가득 담긴 그릇을 내놓겠다고 말한다.

우리가 무엇을 알고 있으리

사람은 누구나 자기 고유의
비밀에 싸인 개인적인 세계를 지닌다.
이 세계 안에는 가장 좋은 순간이 존재하고
이 세계 안에는
가장 처절한 시간이 존재하기도 한다.
하지만 이 모두가 우리에게는 숨겨진 것.

한 인간이 죽을 때에는
그와 함께 그의 첫눈(初雪)도 녹아 사라지고
그의 첫 입맞춤, 그의 첫 말다툼도…
이 모두를 그는 자신과 더불어 가지고 간다.

벗들과 형제들에 대하여 우리는
무엇을 알고 있으며,
우리가 가장 사랑하는 이에 대하여
우리는 과연 무엇을 알고 있는가?
그리고 우리의 참 아버지에 대하여
우리가 알고 있는 그 모든 것은
우리가 아무것도 모른다는 것.

사람들은 끊임없이 사라져 가고…

또다시 이 세계로 되돌아오는 법이 없다.

그들의 숨은 세계는 다시 나타나지 않는다.

하여 매번 나는 새롭게

이 유일회성(唯一回性)을 외치고 싶다.

　　　　-게르하르트 로핑크,《죽음이 마지막 말은 아니다》중에서.

예브게니 예브투셴코
Yevgeni Yevtushenko(1933-2017)
러시아 시인. 사람은 죽으면 살았을 때의 모든 추억
을 함께 가지고 간다. 그 속에 가장 좋은 순간과 가
장 처절한 시간이 있다. 그리고 이 세상에 다시는 돌
아오지 않는다. 위 시는 소설가 박완서가 자신의 소
중한 외아들을 잃고 괴로웠을 때 가장 크게 위로받은
시라고 한다.

카르페 디엠

그들은 떡갈나무 원목으로 벽을 장식한 웰튼의 '기념
전시관'으로 갔다. (…) 전시관 안에는 1800년대부터
지금까지 웰튼아카데미를 거쳐 간 졸업생들의 사진이 걸려
있었다. (…) 숨을 멈춘 채 전시실의 사진을 바라본 학생들은
타임머신을 타고 과거 속으로 여행하는 듯했다. (…)

"이 사람들 가운데 한평생 소년 시절의 꿈을 마음껏 펼쳐 본
사람은 과연 몇 명이나 될까? 대부분 지난 세월을
아쉬워하며 세상을 떠나 무덤 속으로 사라져 갔을 것이다.
(…) 결국 지금은 땅 속에서 수선화의 비료 신세로 떨어지고
만 것이다. 좀 가까이 다가가면 이들이 여러분에게 속삭이는
소리가 들릴 것이다."

학생들은 조용했고, 몇몇 학생들은 주저하면서도 사진에
귀를 갖다 대어 보았다. 그 순간 어디선가 나지막이
속삭이는 소리가 들려왔다.
학생들은 일순간 알지 못할 전율을 느꼈다.
"카아르페에 디이엠…."

키팅이 쉰 목소리를 내며 나지막이 속삭이고 있었다.

그리고 계속해서 다그치듯 말했다.

"오늘을 즐겨라! 자신들의 인생을 헛되이 낭비하지 마라!"

-낸시 클라인바움, 《죽은 시인의 사회》중에서.

죽은 시인의 사회 Dead Poets Society
이 소설은 웰튼아카데미(Welton Academy) 출신 작가
이자 영화감독인 톰 슐만(Tom Schulman)의 영화 〈죽
은 시인의 사회〉를 소설가 낸시 클라인바움(N. H.
Kleinbaum)이 각색한 것이다. 미국 최고의 명문 학교
웰튼아카데미에 존 키팅이라는 젊은 국어 교사가 부
임한다. 그가 학생들에게 던진 말이 바로 '카르페 디
엠'(Carpe Diem)이다. 영화가 국내에 개봉되었을 때
우리나라 교육의 현실과 맞물려 깊은 감동을 불러일
으켰다. 우리 앞에 저만치 죽음이 와 있는데 우리는
현재를 즐기지 못하고 허덕이며 살고 있다. 키팅 선
생이 우리에게 속삭인다. "카르페 디엠…."

또 다른 고향

고향에 돌아온 날 밤에
내 백골이 따라와 한방에 누웠다.

어둔 방은 우주로 통하고
하늘에선가 소리처럼 바람이 불어온다.

어둠속에 곱게 풍화작용하는
백골을 들여다보며
눈물짓는 것이 내가 우는 것이냐
백골이 우는 것이냐
아름다운 혼이 우는 것이냐.

지조 높은 개는
밤을 새워 어둠을 짖는다.

어둠을 짖는 개는
나를 쫓는 것일 게다.

가자 가자
쫓기우는 사람처럼 가자

백골 몰래

아름다운 또 다른 고향에 가자.

윤동주 尹東柱(1917-1945)
일제강점기에 짧게 살다 간 시인이자 독립운동가. 북
간도 명동촌에서 태어나 연희전문학교 문과를 졸업
했고, 일본 릿쿄 대학과 도시샤 대학에서 영문학을
공부했다. 항일운동 혐의로 일본 경찰에 체포되어 2
년형을 선고받았고, 후쿠오카 형무소에서 복역 중 의
문의 병사를 당했다. 해방되던 해에 첫 시집이자 유
고 시집인《하늘과 바람과 별과 시》가 발간되었다.
시인은 죽음을 눈앞에서 응시한다. 죽어가는 자신의
모습을 객관화해 저만치 떨어트려 보고 있다. 그럼에
도 불구하고 정든 고향을 떠나는 외롭고도 슬픈 시인
의 뒷모습이 보인다.

죽음이여, 내 사랑하는 형제여

내게도 한 번은 찾아오겠지.
나를 잊지는 않겠지.
결국 고통이 닥치고
사슬은 끊어지겠지.

아직은 낯설고 멀게만 보여.
죽음이여, 내 사랑하는 형제여,
선명한 별이 되어, 너는
나의 괴로움 위에 부유한다.

그러나 언젠가는 가까워지겠지.
그리고 불꽃이 활활 타오르겠지.
오라, 내 사랑하는 죽음의 형제여,
나, 여기 있도다.
나를 데려가 다오, 나는 그대의 것이다.

-헤르만 헤세

헤르만 헤세는 죽음을 '사랑하는 형제'라 불렀다. 죽음에게 자신을 기꺼이 바치는 모습이 성스럽기까지 하다. 죽음은 선명한 별이 되어 늘 괴로움 위에 떠 있다.

백 살을 사는 사람이 없건만

맹자가 말했다.

"하늘을 따르는 자는 살고

하늘을 거스르는 자는 망한다."

順天者存, 逆天者亡

*

만족할 줄 알아 늘 만족하면,

죽을 때까지는 욕되지 않고,

그칠 줄 알아 늘 그치면,

죽을 때까지 부끄러움이 없을 것이다.

知足常足 終身不辱

知止常止 終身無恥

*

사람은 백 살을 사는 사람이 없건만

부질없이 천 년의 계획을 세운다.

人無百歲人 枉作千年計

–범립본, 《명심보감》 중에서.

고려 충렬왕 때 추적(秋適)이란 사람이 금언과 명구를 모아 엮은 책이다. 원래 19편인데 후에 5편이 추가되었고, 공자를 비롯한 성현들의 소중한 말씀이 담겨 있다. '명심보감'은 "마음을 밝게 하는 보물 같은 글이 담긴 책"이란 뜻으로, 하늘의 밝은 섭리를 설명하고 숭고한 인격을 닦을 수 있는 길을 제시한다. 《명심보감》은 만족할 줄 알아야 하고 그칠 줄 알아야 죽을 때 부끄럼이 없다고 가르친다. "하늘을 따르는 자는 살고, 하늘을 거스르는 자는 죽는다." 매우 준엄한 가르침이다.

상상의 풍경

어느 날 중병에 걸린 한 남자가 휠체어에 실린 채로, 다른 환자가 창문 옆 침대에서 쉬고 있는 병실로 들어왔다. 곧 두 사람은 친구가 되었다. 창문 옆에 있는 환자는 누워서만 지내는 친구를 기쁘게 해 주기 위해 창밖을 내다보며 바깥 세상에 대해 몇 시간씩 생생한 묘사를 들려주었다.

어떤 날은 병원 건너편 공원에 있는 나무의 아름다움과, 바람이 불면서 나무가 어떻게 춤을 추는지 묘사했으며, 또 다른 날에는 병원 옆을 지나가는 사람들이 하는 행동을 차근차근 되풀이해 들려줘 친구를 즐겁게 했다.

하지만 누워서만 지내는 환자는 시간이 지나면서 그의 친구가 묘사하는 경이로운 것을 직접 볼 수 없다는 사실에 마음이 상하기 시작했다. 그러다 결국 그 친구가 싫어졌고, 마침내는 심하게 증오하기까지 했다.

그러던 어느 날 밤, 창문 옆에 있던 환자가 유난히 심하게 기침을 하더니 숨을 더 이상 쉬지 않았다. 누워만 지내던 환자는 도움을 청하기 위해 버튼을 누르는 대신, 묵묵히 지켜볼 뿐이었다. 창밖 풍경을 묘사해 그에게 그로록 많은

기쁨을 주었던 환자는 다음 날 아침 죽은 것으로 밝혀져
병실 밖으로 실려 나갔다.

누워 있던 환자는 재빨리 간호사에게 그의 침대를 창가로
바꿔 달라고 했다. 하지만 창밖을 본 그는 큰 충격에 빠지고
말았다. 창밖에는 황량한 벽돌담이 있을 뿐이었다. 그의
친구는 어려운 시기를 보내는 그의 세계를 더 나은 것으로
만들어 주려는 친절한 마음에서 상상의 풍경을 만들어 냈다.
그는 헌신적인 사랑을 베풀었던 것이다.

-로빈 S. 샤르마, 《내가 죽을 때 누가 울어 줄까》 중에서.

죽어가면서도 자신보다 못한 처지에 있는 사람을 살
리기 위해 애쓰는 모습이 감동적으로 다가온다. 오
헨리의 단편소설 〈마지막 잎새〉와 비슷한 감동의 여
운이다.

4부

천
개
의
바
람
이
되
어

‥ 죽음을 넘어서다

하느님의 보물

어느 랍비가 안식일에 교회에서 설교하고 있었다.
바로 그 시간에 집에 있던 그의 두 아들이 죽었다.
그의 아내는 아이들의 시체를 2층 방으로 옮겨 놓고
흰 천으로 덮었다.
랍비가 집으로 돌아오자 아내가 물었다.

"물어 볼 게 있어요.
어떤 분이 값비싼 보물을 맡기며 잘 보관해 달라고 했어요.
그런데 그 보물의 주인이 갑자기 찾아와
맡긴 보물을 달라고 하면, 어떻게 해야 할까요?"

랍비가 말했다.

"당연히 그 보물을 주인에게 돌려주어야겠지."

아내가 말했다.

"실은 조금 전에 하느님께서 귀중한 보물 둘을 하늘로
되찾아 가셨어요."

랍비는 아내의 말을 이해했다.

그리고 아무 말도 하지 않았다.

탈무드

1만 2천 페이지에 달하는 방대한 내용을 담고 있는 《탈무드》는 기원전 500년부터 기원후 500년까지 구전되어 온 내용을 2천 명의 학자들이 10년 동안 편찬한 책이다. 유대인들의 율법, 윤리, 철학, 관습, 역사 등에 대한 랍비들의 생각이 기록되어 '유대인의 정신적 지주'로 간주한다. '탈무드'라는 말은 '배움' 또는 '연구'라는 뜻이다.

하늘과 땅이 선물

장자가 죽게 되었을 때, 제자들이 장례를 후하게 치르고
싶다고 했다. 장자가 이를 듣고 말했다.

"내게는 하늘과 땅이 안팎 널이요. 해와 달이 한 쌍 옥이요,
별과 별자리가 둥근 구슬 이지러진 구슬이요,
온갖 것들이 다 장례 선물이다.
내 장례를 위해
이처럼 모든 것이 갖추어져 모자라는 것이 없거늘
이에 무엇을 더 한다는 말인가?"

제자들이 말했다.

"저희들은 까마귀나 솔개가 선생님의 시신을 먹을까 봐
두렵습니다."

장자가 대답했다.

"땅 위에 있으면 까마귀나 솔개의 밥이 되고,
땅 속에 있으면 땅강아지와 개미의 밥이 되거늘
어찌 한쪽 것을 빼앗아 딴 쪽에다 주어

한쪽 편만 들려 하는가?"

- 오강남 풀이, 《장자》 중에서.

장자 莊子(기원전 369-286)

장자는 가장 위대한 중국 철학자 중 한 사람이다. 원래 이름은 장주(莊周)이며 전국시대, 즉 제자백가가 난무하던 시대에 살았다. 장자는 노자와 함께 도가 사상을 꽃피웠으며, 고전 《장자》는 총 33편(내편 7편, 외편 15편, 잡편 11편)으로 이루어져 있다. 철학자들은 이 책에 대해 "세상에서 가장 심오하고 가장 재미있는 책이다" "이 세상의 많은 철학책 중 가장 훌륭하다" 등의 평가를 내렸다. 고전 《장자》를 가장 사랑한 사상가로는 토머스 머튼(Thomas Merton), 마르틴 부버(Martin Buber), 마르틴 하이데거 등이 있다.

스승의 장례식을 화려하게 준비하려는 제자들에게 장자는 정신이 번쩍 드는 일침을 가해 진리를 깨닫게 한다. 장례는 하늘과 땅, 해와 달, 별, 그리고 땅 위의 동물과 땅 속의 동물이 다 준비해 놓았으니 걱정하지 말라고 이른다.

영원한 현재의 의미 찾기

죽음이 인생을 완성한다는 것은
죽음이 현재의 의미를 찾아 준다는 뜻이다.
죽음은 한 인생을 과거의 시간으로 만들지 않고
인생에 영원한 현재의 의미를 찾아 주며 영원을 살게 한다.
인간은 자기의 현재 시간 안에 죽음을 안고 살아가는 동시에
영원을 안고 살아간다.

-이제민, 《주름을 지우지 마라》중에서.

별들의 궤도를 따라가다 보면

나는 한낱 인간으로서 하루를 살고,

곧 죽을 목숨이라는 사실을 잘 안다.

하지만 빽빽이 들어찬 저 무수한 별들의 궤도를

즐겁게 따라가노라면,

어느덧 내 두 발은 땅을 딛지 않고 있다.

프톨레마이오스 Ptolemaeus(100?-170?)
고대 그리스의 천문학자이며 수학자다. 그의 저서
《알마게스트》는 르네상스 시대가 올 때까지 서양의
우주관과 종교관, 세계관을 지배했다. 그는 지구가
우주의 중심에 있고 태양계의 천체들은 달, 수성, 금
성, 태양, 화성, 목성, 토성의 순서로 자리하고 있다
는 천동설을 주장했다. 신비롭고 영원한 우주를 관찰
하다 보면 죽을 수밖에 없는 인간의 운명도 잊게 된
다.

오직 빛만 생각하라

그만 놔 버리고 빛 속으로 곧장 들어가자.

흘러가는 대로 몸을 맡기고 빛을 향해 가자.

온갖 기억과 회한을 뒤로 하고

돌아보지 말 것.

미래 따위는 염려할 필요 없다.

그저 빛만 생각하자.

이 순수한 존재,

이 사랑,

이 기쁨만 보도록 하자.

올더스 헉슬리 Aldous Huxley(1894~1963)
로라 헉슬리 Laura Huxley(1911~2007)
올더스 헉슬리는 영국의 소설가이자 비평가로 이튼
학교를 졸업한 뒤 옥스퍼드 대학에서 영문학을 공부
했다. 어머니가 세상을 떠나자 그 충격으로 실명 위
기에 빠졌고, 각막염 수술을 받았으나 시력을 회복
하지 못해 의학도의 길을 포기했다. 인생 후반기에는
미국과 유럽 등을 여행 다니며 강연을 했다. 그러나
오랜 기간 환각제에 중독되기도 했고, 인간의 사후
세계와 텔레파시 등에 관심을 가지기도 했다. 작품으
로는 《연애대위법》《어릿광대의 춤》《멋진 신세계》
등이 있다.

이 글은 헉슬리의 아내 로라가 남편의 임종 과정을
기록한 책《이 영원한 순간》에 나오는 문구다.

죽음의 길목에 서 있구나

'우리는 이 세상에서 언젠가
죽어야 할 존재'임을
깨닫지 못하는 이가 있다.
이것을 깨달으면 온갖 싸움이 사라질 것을.

 *

부지런함은 감로(甘露)의 길이요,
게으름은 죽음의 길이다.
부지런한 사람은 죽지 않지만
게으른 사람은 죽은 거나 마찬가지다.

 *

그대는 이제 시든 낙엽
염라왕의 사자도 그대 곁에 와 있다.
그대는 죽음의 길목에 서 있다.
그런데 그대에게는 노자마저 없구나.

 *

그러므로 자신의 의지할 데를 만들라.
부지런히 정진하여 지혜로워지거라.

더러움을 씻고 죄에서 벗어나면

천상의 성지로 올라가리라.

-법정, 《진리의 말씀》(법구경) 중에서.

법구경 法句經
사람은 언젠가 죽을 존재임을 깨달으면 모든 싸움이
사라질 것이다, 죽음의 길목에서 사람이 할 수 있는
유일한 일은 부지런히 정진하여 지혜로워지는 것이
라고 법구경은 가르친다.

귀천

나 하늘로 돌아가리라
새벽빛 와 닿으면 스러지는
이슬 더불어 손에 손을 잡고,

나 하늘로 돌아가리라
노을빛 함께 단 둘이서
기슭에서 놀다가 구름 손짓하면은,

나 하늘로 돌아가리라
아름다운 이 세상 소풍 끝내는 날,
가서, 아름다웠더라고 말하리라.

천상병 千祥炳(1930-1993)
일본 효고현에서 태어났으며, 시인 겸 평론가다. 서
울대를 중퇴했고, 문예지에 시 〈갈매기〉로 등단했다.
어떤 작가는 시인에 대해 "우리 시대의 가장 빼어난
서정 시인이다. 가장 순수한 아웃사이더이다"라고
말한다. 시인은 5개월 간 실종됐다가 서울 응암동 시
립정신병원에서 발견됐다. 문단 친구들은 그가 죽은
줄 알고 돈을 모아 시집《새》를 출간했다. 시인은 이
세상을 '하늘나라에서 소풍 나온 곳'이라 했다. 이 세상에서 재밌게 놀다가 구름이 손짓하면 다시 저 하늘 나라로 돌아갈 것이라고 기쁘게 노래한다.

그것은 자연의 신비

태어남과 마찬가지로 죽음은 자연의 신비이다. 태어남이
여러 요소들의 결합이라면, 죽음은 그 요소들의 해체이다.
고로 죽음은 곤혹스러워 할 일이 전혀 아니다. 그것은
이성적 존재의 본성에 어긋나지 않으며 자연적 체질과도
모순되지 않기 때문이다.

*

죽음을 경멸하지 말고 그것에 순응하라. 죽음은 자연의 뜻에
따라 일어나는 연쇄적 변화의 일부이기 때문이다. 젊고 늙고
성장하고 어른다워지며 이가 나고 수염이 나고 머리가 세며
생식하고 잉태하고 분만하는 것과 인생의 계절에 따라
나타나는 다른 많은 자연적 활동들은 모두가 해체라는
점에서 한 가지이다. 그러므로 죽음에 대해 반항 혹은
거부의 태도나 오만한 태도를 취하지 않고 그것을
자연 작용의 하나로 받아들이는 것이야말로
이성을 가진 인간에게 어울린다.

-마르쿠스 아우렐리우스, 《자성록》중에서.

마르쿠스 아우렐리우스
Marcus Aurelius Antoninus(121-180)

로마제국의 제16대 황제이자 철학자인 아우렐리우스는 철인황제(哲人皇帝)로 불린 5현제(賢帝) 중 한 사람이다. 그의 죽음으로 로마제국의 전성기가 끝나고 군인황제 시대가 도래했다. 아우렐리우스는 어려서부터 에픽테토스(Epiktetos), 세네카(Lucius Annaeus Seneca) 등 훌륭한 스승들에게 가르침을 받아 열두 살의 이른 나이에 평생 삶의 길잡이가 된 스토아 철학의 학설을 터득했다. 황제 재위 시절부터 죽을 때까지 쉴 틈 없는 바쁜 나날을 보낸 그는 치열한 전투를 끝낸 저녁에도 어두운 막사에 불을 밝히고 글을 썼다고 한다. 로마의 황제였지만 늘 고독했던 그는 전쟁터에서 써 내려간 일기이자 마지막 유언이 된 《자성록》(自省錄)에서 언제 죽을지 모르는 침통한 마음을 아들에게 들려준다.

이 세상에 들어왔을 때처럼

이 세상에 처음 들어왔을 때처럼
이 세상에서 나가라. 그 어떤 고통도 두려움도 없이
죽음에서 삶으로 건너오지 않았던가.
바로 그 길을 따라 다시 삶에서 죽음으로 건너가라.
그대의 죽음은 우주라는 거대한 구조의 한 부분일 뿐이니.

-몽테뉴,《수상록》중에서.

나의 죽음

죽음은 어느 누구도 대체할 수 없는

구체적이고 유일한 존재로서의 나의 죽음이다.

나는 그 어느 누구와도 구별되는

유일한 삶의 역사를 갖는다.

죽음은 이러한 독자적인 역사를 갖는 나의 죽음이다.

따라서 어느 누구도 나의 죽음을 대신할 수 없다.

(…)

내가 세상 사람으로서 신봉했던 모든 가치들은

죽음과 더불어 의미를 상실하게 된다.

그리고 이와 함께 나에게 절대적으로 고유한 것이

비로소 드러난다.

-박찬국, "죽음은 인간 개개인의 가장 고유한 가능성이다",

정동호 외,《철학, 죽음을 말하다》.

죽음도 삶의 한 과정

어린왕자!

너는 죽음을 아무렇지 않게 생각하더구나.

이 육신을 묵은 허물로 비유하면서 죽음을 조금도

두려워하지 않더구나.

생야일편부운기(生也一片浮雲起)

사야일편부운멸(死也一片浮雲滅)

삶은 한 조각 구름이 일어나는 것이요,

죽음은 한 조각 구름이 스러지는 것이라고 여기고 있더라.

그렇다, 이 우주의 근원을 넘나드는 사람에겐 죽음 같은 게

아무것도 아니야.

죽음도 삶의 한 과정이니까.

어린 왕자, 너의 실체는 그 묵은 허물 같은 것이 아닐 거야.

그건 낡은 옷이니까.

옷이 낡으면 새 옷으로 갈아입듯이

우리들의 육신도 그럴 거다.

그리고 네가 살던 별나라로 돌아가려면

사실 그 몸뚱이를 가지고 가기에는 거추장스러울 거다.

−법정,《무소유》중에서.

삶의 연속이며 완성

죽음이란 집으로 돌아가는 것입니다.

그런데도 사람들은 두려워하며 죽는 것을 바라지 않습니다.

죽음은 삶의 연속일 뿐입니다.

삶의 완성이며

자신의 육신을 넘겨주는 것입니다.

그러나 마음과 영혼은 절대 죽지 않습니다.

마음과 영혼은 영원히 사는 것입니다.

*

모든 종교는 영원, 곧 내세를 믿습니다.

이 땅에서의 삶이 끝이 아닌데도

사람들은 이것을 끝이라 믿고

죽음을 두려워합니다.

죽음이 하느님이 계신 집으로

돌아가는 것에 불과하다는 사실을 알게 되면

죽음에 대한 두려움도 사라질 것입니다.

마더 테레사 Teresa(1910-1997)

유고슬라비아 출신의 가톨릭 수녀. 20세기의 가장 영
향력 있는 위대한 인물 가운데 한 사람으로 하느님의
부르심을 받고 인도의 빈민굴로 뛰어들어 평생을 가
장 낮은 곳에서 숭고한 삶을 살았다. '사랑의 선교회'
소속 수녀로 활동하며 인도 캘커타에서 '임종자의
집'을 운영했다. 노벨평화상, 알버트슈바이처상을 받
았고, 2016년 프란치스코 교황으로부터 시성(諡聖)되
었다.

두려워하지 않기

키케로는 "철학을 공부한다는 것, 그것은 곧 죽음을 배우는 일이다"라고 했는데요, 죽음을 두려워하지 않는 것이야말로 모든 철학의 종착지가 아닐까 합니다. 현대 과학은, 유전자는 죽지 않는다고 말합니다. 개체의 생명은 죽어 없어져도 유전자는 자손 대대로 이어진다는 것인데, 죽음을 두려워하지 않는 참다운 용기의 유전자를 물려주는 조상이 되고 싶군요.

    –피천득·김재순·법정·최인호,《대화》중에서.

김재순 金在淳(1923-2016)
평양에서 태어났고 월간〈샘터〉를 창간했다. 제13대 국회의장으로 '토사구팽'(兎死狗烹)이란 유명한 말을 남기고 정계에서 은퇴했다. 김재순은 죽음을 두려워 하지 않는 것이 바로 철학의 종착점이라 했다. 죽음을 두려워하지 않을 때 비로소 철학자가 된다.

반운명적 동물

모든 인간은 운명적으로
자신의 한계인 죽음에 항거하는
'반운명적' 동물이며,
궁극적으로 그 한계를 뛰어넘어 신이 되기를 꿈꾸는
동물이다.

앤드레 말로 Andre Malraux(1901~1976)
프랑스의 소설가, 비평가, 정치가로 드골 정부 내각
에서 문화부장관을 지냈다. 그는 행동주의 문학운동
을 전개했으며, 《인간의 조건》으로 주목받는 소설가
이자 정치적 지도력을 가진 지식인으로서 이름을 떨
쳤다. 파리 근교에서 홀로 살며 글을 쓰다 만성 폐출
혈로 세상을 떠났다.

고결한 마음 상태

죽음의 순간에 고결한 마음 상태를 유지하는 건 대단히
중요하다. 그것이 우리의 마지막 기회이므로 그냥
지나가도록 내버려두어서는 안 된다. 매우 '부정적인' 삶을
살았다고 하더라도 죽는 순간에는 고결한 마음 상태에
이르도록 노력해야만 한다. 강력하고 참된 자비심을 죽음의
순간에 발휘할 수만 있다면 다음 생에 이로운 환생을 할
희망은 있다.

-베르나르 보두엥 편,《달라이 라마》중에서.

더 어려운 용기

나이 들어 병드는 과정에서도 두 가지 용기가 필요하다.
하나는 삶에 끝이 있다는 현실을 받아들일 수 있는 용기다.
이는 무얼 두려워하고 무얼 희망할 수 있는지에 대한 진실을
찾으려는 용기다. 그런 용기를 갖는 것만도 어려운 일이다.
우리는 이런저런 이유로 그 진실을 직면하기를 꺼린다.
그런데 이보다 훨씬 더 어려운 용기가 있다. 바로 우리가
찾아낸 진실을 토대로 행동을 취할 수 있는 용기이다.

–아툴 가완디,《어떻게 죽을 것인가》중에서.

애초에 내 것은 하나도 없었음을

죽음을 앞둔 환자는 완전히 벌거숭이가 됩니다. 모든 것을
빼앗기고 아무것도 할 수 없는 현실을 받아들이지 못하면
자살하려는 유혹에 빠집니다. 그러나 그 모든 상황을
하느님께 돌리면 애초 내 것은 하나도 없었다는 것을 깨닫게
됩니다. 그런 '빈 마음'이 되면 세상만사 모두 하느님의
선물이고, 내가 가진 모든 것 또한 하느님의 선물이었음을
알게 되는 거죠. 그러면서 감사하는 마음이 생깁니다. 삶의
마지막 순간에서의 '처절한 체험'은 환자를 완전히 다른
사람으로 변하게 만듭니다.

*

고통을 고통으로만 받아들이면 안 됩니다. '십자가 고통'에
동참하는 마음으로 나의 고통을 예수 그리스도께 봉헌할 때
예수 그리스도께서 나를 위해 십자가에서 고통 받으셨다는
것을 깨닫게 되고 그리스도와 하나가 될 수 있습니다.
그러면 하느님은 고통 중에도, 죽음의 순간에도 '나와
함께하신다'는 것을 깨닫게 됩니다. 인간적 관점으로는,
머리로는 이해하기 힘든 신앙의 진리입니다. 예수님을 내
목숨만큼 사랑할 때 비로소 알 수 있는 진리입니다.

-남정률, "한국 교회 호스피스 역사의 산 증인 이경식 박사",

〈가톨릭평화신문〉, 2016년 9월 25일.

이경식 (1943-)

가톨릭 의대 졸업 후 미국에서 혈액 종양학 전문의 자격을 획득했다. 가톨릭 의대 재직 중 가톨릭 의대 호스피스 창설 멤버로 호스피스 운동에 참여했고, 국내 최초로 개설된 서울성모병원 호스피스 병동에서 고통 받는 말기 암 환자들을 오랫동안 돌보았다. 현재 가톨릭 의대 명예교수이며, 지은 책으로는 《사랑 이야기》《새로운 생명》《호스피스 사랑의 노래》등이 있다. 이 교수는 사람이 죽음을 앞두고 '처절한 체험'을 하게 되면 완전히 다른 사람으로 변한다고 말한다.

천 개의 바람이 되어

나의 사진 앞에서 울지 말아요
나는 그곳에 없어요
나는 잠들어 있지 않아요
제발 날 위해 울지 말아요
나는 천 개의 바람이 되었어요
저 넓은 하늘 위를 자유롭게 날고 있어요

가을엔 곡식들을 비추는 따사로운 빛이 될게요
겨울엔 다이아몬드처럼 반짝이는 눈이 될게요
아침엔 종달새 되어 잠든 당신을 깨워 줄게요
밤에는 어둠 속에 별 되어 당신을 지켜 줄게요

나의 사진 앞에 서 있는 그대여
제발 눈물을 거두어요
나는 그 곳에 있지 않아요
죽었다고 생각 말아요

나는 천 개의 바람이 되었어요
저 넓은 하늘 위를 자유롭게 날고 있어요.

-임형주 노래, 〈천개의 바람이 되어〉.

천 개의 바람이 되어
작자 미명의 시. 가수 임형주가 이 시를 세월호 추모
곡으로 불러 더욱 유명해졌다. 시인은 죽었다고 슬퍼
하지 말라고, 죽어 이 세상에서 사라지는 것이 아니
라 바람, 빛, 눈, 종달새, 별이 되어 사랑하는 사람 곁
을 늘 지킬 것이라고 위로한다.

제망매가

죽고 사는 길은

여기 있으며 두려워하고

나는 간다는 말도

못다 이르고 어찌 가는가

어느 가을 이른 바람에

이에 저에 떨어질 잎처럼

한 가지에 나고

가는 곳 모르는구나

아아, 미타찰에서 만날 나

도 닦아 기다리리다.

生死路隱 此矣 有阿米 次肹伊遣

吾隱去內如辭叱都 毛如云遣去內尼叱古

於內秋察早隱風未 此矣彼矣浮良落尸葉如

一等隱枝良出古 去如隱處毛冬乎丁

阿也 彌陀刹良逢乎吾 道修良待是古如

월명사 月明寺

신라 35대 경덕왕 때의 학덕 높은 스님. 〈제망매가〉는 죽은 누이를 위해 제사를 지내며 부른 노래로, 누이의 죽음을 애도하며 누이의 혼이 극락으로 가기를 간절히 바라고 있다. 월명사가 이 노래를 지어 부르자 갑자기 바람이 일고 지전(紙錢)이 날려 서쪽으로 사라졌다고 전해진다. 인생의 허무함과 극락에서의 기다림이라는 불교적 소망을 담고 있다.

매일 치르는 장례식

〈나를 찾아가는 여행〉을 쓰기 위해 자료조사를 하면서
아침마다 이상한 의식을 치르는 인도의 한 왕에 대한
이야기를 접하게 되었다.

그 왕은 매일 일어나는 즉시, 악사들이 음악을 연주하는
가운데에 화관으로 장식하고 자신의 장례식을 치렀다.
그리고 그 의식을 치르는 동안 그는 이런 노래를 불렀다.

"나는 완전하게 살았다."
"나는 완전하게 살았다."
"나는 완전하게 살았다."

처음 이 이야기를 읽었을 때는 그 왕의 의식이 어떤 목적을
가지고 있는지를 이해할 수 없었다. 그래서 아버지께 조언을
구했다. 아버지의 대답은 이랬다.

"그 왕이 치른 의식은 하루하루가 마지막 날인 것처럼 살기
위해 그의 모든 날을 죽을 수밖에 없는 운명에 연결시킨
거지. 그것은 아주 지혜로운 의식이다. 그는 그 의식을 통해
시간이 모래알처럼 손에서 빠져나가고 있으며, 위대한 삶을

살아야 하는 시간은 내일이 아니라 바로 오늘이라는 것을
되새길 수 있었던거지."

죽을 수밖에 없는 자신의 운명을 인식하는 것은 지혜의 큰
원천이다.

(…)
살아 있는 자신의 장례식을 치름으로써
시간이 말할 수 없이 귀중한 재산이며,
좀 더 풍요롭고, 현명하고, 충족되게 살아갈 적기는
바로 지금이라는 사실을 깨달을 수 있을 것이다.

－로빈 S. 샤르마,《내가 죽을 때 누가 울어 줄까》중에서.

하루하루를 완전하게 살고 완전하게 죽으려는 왕의
모습에서 삶과 죽음에 대한 진지함과 경건함을 느낀
다. 아침마다 거행하는 그 화려한 장례식이 눈에 보
이는 듯하다. 또 하루하루를 마지막 날처럼 사는 왕
의 모습도 가늠할 수 있다.

당신이 할 수 있는 일

당신은
죽어가는 환자로부터 배운 것을
당신의 아이들이나 이웃에게 베풀 수 있다.
그렇게 된다면 아마도 우리 세계는 다시 천국이 될 것이다.

-엘리자베스 퀴블러 로스, 《사후생》 중에서.

이 방에서 저 방으로

70대 노부인이 된 헬렌 켈러가 유럽을 여행하게 되었다.
이탈리아 플로렌스에 있는 다비드 상을 보러 가는 길이었다.
그녀에게 본다는 것은 만지는 것을 의미하였다. 친척 부인이
헬렌에게 물었다.

"유럽에서 보고 싶은 것이 무엇인가요?"

그러자 그녀는 찾아갈 장소와 만날 사람들을 상세히 꼽았다.
놀랍게도 그녀는 불어를 썩 잘했다. 독일어와 이탈리아어
실력도 자기 의사를 표현할 정도는 되었다.

"보고 싶은 것, 배우고 싶은 게 그밖에도 많습니다. 그러나
죽음이 저 앞 모퉁이까지 와 있는걸요."
"무슨 말씀을요."
"괜찮습니다. 나는 죽음이 두렵지 않아요. 오히려 그
반대지요."
"죽음 다음의 삶을 믿으시나요?"

헬렌이 또박또박 대답했다.

"죽음은 이 방에서 저 방으로 가는 것과 같다고 생각해요."

(…)

한동안 침묵이 흘렀다. 잠시 후 천천히, 그러나 아주 분명한
어조로 그녀가 다시 말했다.

"그러나 저 세상은 내게만은 좀 다를 거예요.
짐작하시겠지요? 다른 방에서는, 나는 볼 수 있을 거예요!"

-오천석 편,《노란손수건》중에서.

헬렌 켈러 Helen Keller(1880-1968)
미국의 작가 겸 사회사업가. 태어나 두 살이 되기 전
에 심한 병에 걸려 목숨을 잃을 뻔했다. 그 여파로 청
각과 시각을 모두 잃었다. 헬렌의 부모는 맹아학교의
설리번 선생을 가정교사로 모셔 왔다. 설리번은 고집
세고 난폭한 헬렌과 일주일 동안 치열한 싸움을 벌였
다. 설리반이 펌프에서 흘러나오는 물에 헬렌의 손을
갖다 대고 다른 손에 '물'(water)이라 쓰는 순간, 그 처
절했던 싸움이 끝났다는 일화는 유명하다. 설리번은
온갖 노력으로 헬렌이 장애를 극복하도록 도왔다. 헬
렌은 자신의 온 삶을 시각장애인을 위해 바쳤다. 남
긴 책으로는《사흘만 볼 수 있다면》《헨렌 켈러 자서
전》《나의 종교》등이 있다. 헬렌 켈러는 죽음을 "이
방에서 저 방으로 가는 것"이라 생각하며 전혀 두려
워하지 않았다. 그곳에서는 보고 싶은 것을 마음껏
볼 수 있기 때문이다.

또 다른 시작

삶이란 죽음을 뒤따르게 하며 죽음은 삶의 시작이다. 누가
그것을 관장하는지 어찌 알겠는가? 사람이 사는 것은
기(氣)가 모이기 때문이며, 기가 모이면 삶이 되고 기가
흩어지면 죽음이 된다. 이처럼 죽음과 삶은 뒤쫓는 것이니
내가 어찌 괴로워하겠는가.

*

자연은 우리에게 모습을 주었다. 또 우리에게 삶을 주어
수고하게 하고 우리에게 늙음을 주어 편하게 하며, 우리에게
죽음을 주어 쉬게 한다. 그러므로 스스로의 삶을 좋다고
하면 곧 스스로의 죽음도 좋다고 하는 셈이 된다.

–안동림 역, 《장자》 중에서.

*

옛날의 참사람은 삶을 기뻐할 줄도 모르고 죽음을
싫어할 줄도 몰랐다. 태어남을 기꺼워하지 않고 죽음도
거부하지 않았으며, 혼연히 죽음으로 가고
혼연히 삶으로 왔다. 그 태어난 시초를 잊지는 않되

그 죽음의 끝도 알려고 하지 않았다.

삶을 받으면 그것을 즐기고, 잃으면

그것을 돌려보냈을 뿐이다.

-오강남 역, 《장자》 중에서.

슬픔에서 벗어나는 길

부처님이 슈라비스티의 기원정사에 계실 때, 삼대독자를
잃어버린 한 과부가 비탄에 빠져 먹지도 자지도 않고 울기만
했다. 하루는 부처님을 찾아와 자신의 슬픔을 하소연했다.

"세존이시여, 저는 유복자를 잃고 살아갈 용기마저
잃었습니다. 저에게 이 슬픔에서 벗어날 길을 가르쳐
주십시오."

부처님은 이렇게 말했다.

"가엾은 아주머니, 한 가지 방법이 있으니 그대로 하시오.
지금 곧 가서 아직 사람이 죽어 나간 일이 없는 일곱 집을
찾아내어 쌀 한 움큼씩을 얻어오시오. 그러면 내가 그
슬픔에서 벗어나는 길을 가르쳐 주리다."

유복자를 잃은 그 여인은 바삐 마을로 쌀을 얻으러 나갔다.
며칠이 지난 뒤 여인은 한 움큼의 쌀도 얻지 못하고 맥이
빠져 돌아왔다.
부처님이 물었다.

"사람이 죽지 않은 집이 있던가요?"

그제야 여인은 부처님이 가르쳐 준 뜻을 알아차리고
슬픔에서 벗어났다.

-법정,《말과 침묵》중에서.

불경
불경《아바다나》(阿波陀那)에 기록된 부처님 말씀이
다. 사람이 죽어 나간 일이 없는 집은 이 세상에 단
하나도 없다. 부처님은 유복자를 잃어버려 비탄에 빠
진 여인에게 이 사실을 냉정하게 깨닫게 해 준다. "아
직 사람이 죽어 나간 일이 없는 일곱 집을 찾아내어
쌀 한 움큼씩을 얻어오시오."

결국 모두 흙으로 돌아가리라

성경의 창세기에는 인간의 죽음에 관련된 첫 번째 기록이
있다. 하느님이 세상을 창조하고 동쪽에 에덴동산을 꾸몄다.
그리고 하느님이 빚은 사람을 거기에 두었다. 동산에는
탐스럽고 먹기에 좋은 온갖 나무들이 자랐고, 그곳 한가운데
생명나무와 선과 악을 알게 하는 나무가 있었다. 하느님은
사람에게 그곳을 일구고 돌보게 하였다. 하느님이 사람에게
명령했다.

"이 동산에 있는 나무 열매는 무엇이든지 마음대로
따먹어라. 그러나 선과 악을 알게 하는 나무 열매만은
따먹지 마라. 그것을 따먹는 날, 너는 반드시 죽는다."
(창세기 2장 16-17절, 공동번역)

그런데 사람은 간교한 뱀에게 속아 그만 선악과를 따먹었다.
이로써 사람에게 죽음의 그림자가 드리워졌다. 이로
말미암아 사람은 죽을 수밖에 없는 존재가 되었다. 이제
사람은 하느님이 두려워졌다. 그래서 숨어 다녔다.
하느님께서 '네가 어디 있느냐?'고 물으셨다. 사람은
"당신께서 동산을 거니시는 소리를 듣고 알몸을 드러내기가
두려워 숨었습니다"(창세기 3장 10절, 공동번역)라고

대답했다. 하느님이 사람에게 말했다.

"너는, 흙에서 난 몸이니 흙으로 돌아가기까지 이마에 땀을
흘려야 낟알을 얻어먹으리라. 너는 먼지이니 먼지로
돌아가리라."(창세기 3장 19절, 공동번역)

결국 사람은 흙에서 나와 흙으로 돌아갈 수밖에 없는 존재가
되었다.

성경聖經

성경은 구약(舊約, Old Testament)과 신약(新約, New
Testament)으로 이루어져 있는데, 그리스도 이전과 이
후를 가리킨다. '약'(約)은 인간에 대한 하느님의 구
원 약속을 의미한다. 구약은 모세를 중심으로 이스라
엘 백성에게 주어진 하느님의 약속이고, 신약은 그리
스도의 복음을 통해 주어진 하느님의 약속이다. 성경
을 뜻하는 영어 단어 'Bible'은 '책들'이라는 그리스어
'비블리아'(biblia)에서 나왔다.

성경에는 인간의 죽음에 대한 말들이 많다. 창세기
를 비롯해 집회서, 지혜서, 코헬렛, 욥기 등에서 죽음
의 본질을 이야기한다. 성경 말씀 중 특히 '흙에서 나
왔으니 흙으로 돌아갈 것이라' '알몸으로 태어났으니
알몸으로 돌아가리라'는 깊이깊이 묵상해야 할 말씀
이다.

참고문헌

1. 단행본

게르하르트 로핑크, 신교선·이석재 역, 《죽음이 마지막 말은 아니다》,
　　　　　성바오로출판사, 1986.

김동길, 《나이 듦이 고맙다》, 두란노, 2015.

김수환, 《김수환 추기경의 신앙과 사랑》 제2권, 가톨릭출판사, 1998.

김여환, 《죽기 전에 더 늦기 전에》, 청림출판, 2012.

김열규, 《메멘토 모리, 죽음을 기억하라》, 궁리출판, 2001.

김형숙, 《도시에서 죽는다는 것》, 뜨인돌, 2012.

낸시 클라인바움, 한은주 역, 《죽은 시인의 사회》, 서교출판사, 2004.

능행, 《숨》, 마음의 숲, 2015.

로빈 S. 샤르마, 정영문 역, 《내가 죽을 때 누가 울어줄까》, 산성미디어,
　　　　　2000.

마르쿠스 아우렐리우스, 《자성록》, 열린책들, 2011.

무라카미 하루키, 김진욱 역, 《세계의 끝과 하드보일드 원더랜드》,
　　　　　문학사상사, 2010.

박예슬 외, 《해피엔딩》, 엔자임헬스, 2016.

박완서, 《빈방》, 열림원, 2008.

_____, 《한 말씀만 하소서》, 세계사, 2004.

박이문, 《이 순간 이 시간 이 삶》, 미다스북스. 2016.

_____, 《저녁은 강을 건너오고 시간은 얼마 남지 않았다》, 미다스북스,
2016.

_____, 《죽음 앞의 삶, 삶 속의 인간》, 미다스북스, 2016.

발타자르 그라시안, 쇼펜하우어 편역, 노희직 역, 《세상을 보는 지혜》,
　　　　　더클래식, 2015.

배철현, 《심연》, 21세기북스, 2016.

범립본, 추적 엮음, 《명심보감》, 글항아리, 2013.

법륜, 《인생수업》, 휴, 2013.

법정, 《말과 침묵》, 샘터, 2002.

———, 《살아 있는 것은 다 행복하다》, 조화로운삶, 2006.

———, 《아름다운 마무리》, 문학의숲, 2008.

———, 《진리의 말씀》(법구경), 불일출판사, 1990.

베르나르 보두엥 편, 백선희 역, 《달라이 라마》, 이레, 2002.

생텍쥐페리, 허희정 역, 《인간의 대지》, 펭귄클래식, 2009.

셸리 케이건, 박세연 역, 《죽음이란 무엇인가》, 엘도라도, 2012.

소노 아야코·알폰스 데켄, 김욱 역, 《죽음이 삶에게》, 리수, 2012.

스타니슬라프 그로프, 장석만 역, 《죽음이란》, 평단, 2013.

아툴 가완디, 김희정 역, 《어떻게 죽을 것인가》, 부키, 2015.

안대회, 《새벽 한 시》, 태학사, 2014.

안동림 역, 《장자》, 현암사, 1998.

안셀름 그륀, 이온화 역, 《삶의 기술》, 분도출판사, 2006.

엘리자베스 퀴블러 로스, 최준식 역, 《사후생》, 대화문화아카데미,
        2003.

——————————, 이진 역, 《죽음과 죽어감》, 이레,
2008.

오강남 역, 《장자》, 현암사 1999.

오천석 편, 《노란손수건》, 샘터, 2007.

이경신, 《죽음 연습》, 동녘, 2016.

이승수 편역, 《옥 같은 너를 어이 묻으랴》, 태학사, 2001.

이제민, 《주름을 지우지 마라》, 바오로딸, 2013.

정동호 외, 《철학, 죽음을 말하다》, 산해, 2012.

크리슈나무르티, 정순희 역, 《삶과 죽음에 대하여》, 고요아침, 2005.

타고르, 장경렬 역, 《기탄잘리》, 열린책들, 2010.

토마스 아 켐피스, 《준주성범》, 가톨릭출판사, 2011.

톨스토이, 이순영 역, 《이반 일리치의 죽음》, 문예출판사, 2016.

파울로 코엘료, 박명숙 역, 《순례자》, 문학동네. 2011.

페터 제발트, 손성현 역, 《수도원의 가르침》, 시아출판사, 2005.

폴 칼라니티, 이종인 역, 《숨결이 바람이 될 때》, 흐름출판, 2016.

프리드리히 니체, 김인순 역, 《차라투스트라는 이렇게 말했다》,
        열린책들, 2015.

피천득·김재순·법정·최인호,《대화》, 샘터, 2004.

헨리 데이빗 소로우, 강승영 역,《월든》, 이레, 1993.

KBS <생로병사의 비밀> 제작팀,《오늘이 내 인생의 마지막 날이라면》,
　　　　애플북스, 2014.

Arthur Schopenhauer, trans. E. F. J. Payne, *Parerga and Paralipomena：*
　　　　Short Philosophical Essays, *Volume 1*, *2*, Clarendon Press,
　　　　2001.

Dante Alighieri, trans. John Ciardi, *The Divine Comedy*, Berkley, 2003.

Hermann Hesse und Volker Michels, *Mit der Reife wird man*
　　　　immer jünger, Taschenbuch, 2002.

Henry Nounwen, Walter J. Gaffney, *Aging: The Fullfillment of life*,
　　　　Image, 1976.

Laura Huxley, *This Timeless Moment*, Ten Speed Press, 2000.

Leo Tolstoy, *A Confession and Other Religious Writings*, Penguin Classics,
　　　　1988.

Michel de Montaigne, trans. M. A. Screech, *The Complete Essays*,
　　　　Penguin Classics, 1993.

O. Henry, *The Best Short Stories of O. Henry*, Modern Library, 1994.

三木清,《人生論ノート》, 新潮文庫, 2010.

2. 정기 간행물 및 기타 자료

남정률, "한국 교회 호스피스 역사의 산 증인 이경식 박사", <가톨릭
　　　　평화신문>, 2016년 9월 25일. http://www.cpbc.co.kr/CMS/
　　　　newspaper/view_body.php?cid=653414&path=201609

Oliver Sacks, "My Own Life", *The New York Times*, 2015. 2. 19.
http://www.dailymail.co.uk/femail/article-1316482/Cancer-sufferer-
　　　　leaves-husband-100-things-2-sons.html

죽음을 읽다

홀로, 천천히, 투명하게

초판 1쇄 발행	2017년 8월 29일
엮은이	백형찬
편집	김영미
북디자인	정은경디자인
펴낸곳	이상북스
펴낸이	송성호
출판등록	제313-2009-7호(2009년 1월 13일)
주소	03970 서울특별시 마포구 성미산로 5길 72-2, 2층.
전화번호	02-6082-2562
팩스	02-3144-2562
이메일	beditor@hanmail.net

ISBN 978-89-93690-48-4 (03810)

이 책은 2016학년도 서울예술대학교 연구비 지원에 의해 발간되었습니다.